遇见你之后都是好时光

陈若 著

石油工业出版社

图书在版编目（CIP）数据

遇见你之后，都是好时光/陈若著.

北京：石油工业出版社，2015.2

ISBN 978－7－5183－0556－8

Ⅰ. 遇…

Ⅱ. 陈…

Ⅲ. 故事–作品集–中国–当代

Ⅳ. I247.8

中国版本图书馆CIP数据核字（2014）第292097号

遇见你之后，都是好时光

陈若　著

出版发行：石油工业出版社

（北京安定门外安华里2区1号楼　100011）

网　　址：http://www.petropub.com

编辑部：（010）64523607　营销部：（010）64523623

经　　销：全国新华书店

印　　刷：定州启航印刷有限公司

2015年2月第1版　2018年3月第3次印刷

880×1230毫米　开本：1/32　印张：7.5

字数：290千字

定价：32.00元

（如出现印装质量问题，我社发行部负责调换）

记住爱，记住时光

落笔至此，深感回忆的艰难。

在曾经的得与失中反复纠缠，到底是一件太过累人的事情。但看到窗外的月光透过纱窗照至稿纸上，忽然领悟到记录的意义。即是让那些曾经温暖过自己的人和事，不至于全然淹没于黑夜之中。

这段时间以来，时常白天与黑夜颠倒着过。有文思泉涌的时刻，也有思路枯竭的时刻，也曾深陷于往事之中不能自拔，现在想来，觉得无论怎样的状态，都在写作之中找回了最真实的自己。

这一个个已经成型的爱情故事，是我的故事，也应该是你所经历过的故事。

在行走的路途中，我们遇见的人不同，留下的脚印不同，但都曾执迷不悟地相信爱情，曾声嘶力竭地痛恨爱情，感受过它所给予的暖，也承受过它强加的痛。在其中，挣扎过，抵御过，而后又遇见另一个温暖的人，渐渐释然，重新相信幸福的存在。

不是这样的吗？经历过失去的我们，更加珍惜在途中遇见的每一个人。即便一个人独自赶路，也不辜负每一寸光阴。因为我们都想着，要以最好的姿态与他相逢。这样的自己，该值得对方用一生的时间来呵护。

初见时的惊喜，离散后的悲伤，等待时的磨人，痛楚后的释怀，重逢后的珍惜。走了一圈，爱情仍是原来的样子，所不同的是，我们早已由当初那个莽撞的人，变成更为温和的人。

写了这么多爱情故事，仍旧说不出爱情的定义。

但仍将其当作幸福的信仰。

这个世间，并不像我们想象中那么糟糕，也不像我们想象中那么美好。

它一如既往地存在着，而我们只需在这个无法改变的容器之中，最大限度地展示最美的姿态便好。

受过那么多伤，但痊愈后的伤口都开成了一朵坚强微笑着的花。

流过那么多眼泪，仍笃信幸福正快马加鞭疾驰在与自己相遇的路上。

走过那么多离散的岔路口，幸好最爱的人依旧笨拙而坚定地守在身旁。

每个人心中都藏有一个盛放美丽时光的百宝箱，而这正是岁月给予我们的慷慨馈赠。

目
CONTENTS
录

A

如果不是遇见你，怎会遇见好时光

B

无论受过多少伤，总有人让你相信爱情

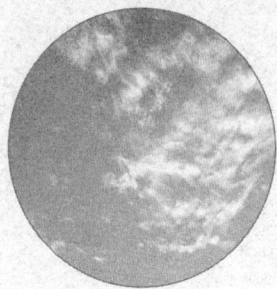

C

像蜗牛一样，笨拙而缓慢地爱下去

D

世界这么乱，还好有你在

E

假如是你陪我一起变老，等待又有什么关系

F

记住爱，记住时光

如果不是遇见你，
怎会遇见好时光

我是如此感激命运的厚爱，让我遇见你。

我是如此感激你的厚爱，让我在你的眼睛中看到最美的自己。

放任自流的爱情

"没有大事发生，一切还保持着原样——谢尔顿在等着他的珍，狗在等着出门，贼在等着老妇人，孩子们在等着上学，条子们在等着揍人，一身虱子的流浪汉在等着施舍者，葛洛夫街在等着贝尔福德街，贝尔福德街在等着被清洁，每个人都在等着天气转凉——而我，在等着你……"

这是美国摇滚歌手鲍勃·迪伦写给苏西·罗托洛的情书。他寄给她的信笺，与他所唱的歌曲一样，拍打着令人心动的节奏。

两人相遇时，皆是涉世未深的青春样子，恣意地按照自己的方式生活着，不在乎世俗的眼光，却又敢于为自己所爱的事物付出一切。

因而，他们在彼此眼中是如此与众不同。正是这与众不同，让他们仅凭一面之缘便沦陷于爱情之中。

"一开始我就无法把视线从她身上移开。她是我见过最性感的尤物，皮肤白皙，秀发金黄，拥有热情的意大利血统。空气中突然充满蕉叶的芬芳。"鲍勃·迪伦在瞬间迸发的热情与炽热，让丘比特之箭射中了自己，也射中了苏西·罗托洛。

在鲍勃·迪伦眼中，她是美丽的，羞涩的，聪慧的。在苏西·罗托洛眼中，他是风趣的，迷人的，执着的。于是，只要有时间，他们便会相守在一起，从清晨至晚霞烧红天际，他们一刻不停地热切交谈着。在交谈中，他们仿若已然相识许久。之后的时光，他们要做的便是更为深入地了解对方。

有人曾这样说："爱，是看不见的，是存在于微小的，是你们争吵缝隙中的，是不计回报的，是没有道理可言的，是易碎的，是能修复的，是你以为完了其实它还存在的的。"

是的，爱情就是如此难以琢磨，难以把握，但是我们触碰到它时，总是忘记它会成为一地碎片，而飞奔着投入它的怀抱中。

等到它真正破碎的一天，我们才恍然大悟，所谓的天长地久，终究是镶着光环的情话，待光环消失了，情话也就因过时而成了谎话。

即便如此，我们仍会那样义无反顾地沉坠在爱情的深渊中。

1963年2月，纽约城中落雪纷纷。鲍勃·迪伦与苏西·罗托洛走出公寓，街上萧瑟而寒冷，仿佛要冻结一般。

他穿着单薄的夹克，缩着肩膀。她散着头发，紧紧挽着他的胳膊。两人的脸上，都洋溢着幸福与温暖。冬季再寒冷，也无法将爱情冻僵。这一画面被拍摄专辑封面的摄影师唐·汉斯

遇见你之后，都是好时光
yu jian ni zhi hou
dou shi hao shi guang

004

滕捕捉下来，并永久地流传下来。多年以后，苏西·罗托洛所写的那本有关爱与回忆的《放任自流的时光》，便以这张图片为封面。

在爱着的时候，他们在自己制造出的幻境中，深情地相拥着，即便隔绝世间万物，隔绝山河岁月都无所谓。他们只是凭着自己的直觉，让心灵顺水而下，欢愉地寻找爱的源头与终点。

在这般情境之下，鲍勃·迪伦开始创作大量缠绵动人的情歌。《Don't Think Twice, It's All Right》《Boots of Spanish Leather》《Tomorrow Is A Long Time》，皆是那段时期最触动人心的曲子。唱片《放任自流的鲍勃·迪伦》的发行，更是让他声名鹊起。

在公众眼中，鲍勃·迪伦是伫立在夜风中的灯塔，与群星交相辉映，耀眼夺目。而在苏西·罗托洛面前，他好似无底洞一般，向她索求着永恒的支持、帮助与保护。然而，这并非是一个还未满十九岁的女孩儿所承担得起的。这些东西，她也缺少，她也需要。

"我不愿成为他吉他上的一根琴弦。我和鲍勃在一起，这并不意味着我就要走在他身后，捡起他扔在地上的糖果纸。"苏西·罗托洛在书中这样写道。

当两人不能并肩站在一起时，爱情这则神话也便开始掩于尘土之中。

爱情是一条流动的河流，并非凝固不动。最初之时，它可能激起猛烈的浪花，然而，随着时间的流逝，它渐渐地趋于平静、舒缓。同时，这条不断壮大的河流，在主航道之外，又开出诸多支流，甚至暗流。

沉浸在这条河流中的他们，开始撞到暗礁。

一天晚上，他们沿着东七街往B大道走去。凉风摇动树梢，他们都只是默默走着，不发一言。

苏西·罗托洛终于停下来，看着他的眼睛，提出分手的要求。

他说不出任何言语，只是无奈地做着落寞的手势。爱情将尽时，挽留终究是徒劳的。两人都预料到这样的结局，只是当它真正到来时，心存爱意的他们仍是不知所措。

转过身之后，他们各自朝着不同的方向永远地走开。

从陌路到一见倾心，最终又成为陌路。看似回到了最初的原点，到底是留下了痕迹的。

他们共同走过的1960年代，仍像是图腾一样，温暖着人们冰凉的灵魂。他们在冰雪天中瑟缩着拥在一起的画面，在

遇见你之后，都是好时光
yu jian ni zhi hou
dou shi hao shi guang

006

三十八年后上映的影片《香草天空》中，由汤姆·克鲁斯和佩内洛普·克鲁兹饰演的情侣得以还原。

爱情永远不止在一起那样简单，正如周润发在《纵横四海》那部影片中所说的台词那般："爱一个人并不是要跟她一辈子。我喜欢花，难道你摘下来让我闻闻；我喜欢风，难道你让风停下来；我喜欢云，难道你就让云罩着我；我喜欢海，难道我就去跳海？"

不束缚住对方的手脚，让彼此随心所欲地追求放任自流的生活，刻画更好更美的时光，原是最深沉的爱。

和一家书店的缠绵

"你若恰好路经查令十字街84号，请代我献上一吻，我亏欠它良多……"

此是1969年4月11日，一位名为海莲·汉芙的美国女子写给友人的信。

那一年，她五十三岁。查令十字街84号曾无数次如春雨那般进入她的梦中，但她总是因生活拮据而无法起程。

每当她收到来自查令十字街84号的书信时，内心总是雀跃的，柔和的，温润的，仿佛从寒冷的枝头探身出来的花苞。

我总是认为，她被困顿的生活锁住了手脚，只有在下笔写《查令十字街84号》一书时，她才有了温暖的话语，才有了上升的欲望与挣扎的勇气。

她在自己所处的地方，梦着、想象着从未到过的世界。因为那里有着从未谋面却始终给予她精神支撑的人，她便觉得那里是明亮的、宽广的。

一年之后，她将收到的书信整理出版。由于得到了不菲的稿费，她终于有机会去看看梦中的远方。

伦敦街头，墙壁斑驳而陈旧，光线陆离而晦暗。她自己也不清楚，这里是否就是她想象中的样子。她沿街走着，寻找着，目光在一家家摆着书的橱窗中游走，68号、72号、76号、78号、82号……最终，她在84号前停了下来。那时的84号，已是一所空空的房子，墙壁脱落，橱窗上满是尘埃。

梦了二十年，她终于来到这里，但这里早已没有人回应她。

一切都结束了，她心中难免会涌起失望与遗憾。然而，这又有什么关系呢？

这里寄存着她所有温柔的时光，她终究是爱过的啊。

海莲·汉芙在《查令十字街84号》中写道："我想，当爱情以另外一种方式展现铺陈时，也并非被撕去，而是翻译成了一种更好的语言。上帝派来的那几个译名，名叫机缘，名叫责

遇见你之后，都是好时光
yu jian ni zhi hou
dou shi hao shi guang

008

任，名叫蕴藉，名叫沉默。还有一个，名叫怀念。"

如今的查令十字街84号，周围林立着新旧书店，明净的橱窗中摆放着或是刚刚出版，或是已然泛黄的书籍。而它则成了一家酒吧连锁店的铺面，昏黄灯光的店内，氤氲着一丝微醺的味道。

来自世界各地的人们，总是不自觉地来到这里，在摇晃的酒杯中，恍然窥见当年的深情。我怀着一丝紧张的情绪，走进那家酒店。轻音乐的触须伸到我内心最柔软的地方，那一刻我仿佛看到弗兰克·德尔正在读汉芙寄给他的信，书架上满是陈旧的、稍稍带着灰尘的书籍。

酒吧中人来人往，我坐在角落，想着无论这里变成什么，哪怕是成为一处废墟，这里仍会荡漾着书店的倒影。

当爱情成为一种怀念时，它也就具备了更为柔韧的质地。它并不会消失，而是随着年轮的增长，散出愈发迷人的气质。

王安忆曾说："时间在过去，悄悄地替换着昨天和明天。它给人们留下了露水，雾，蓓蕾的绽开，或者凋谢。然而，它终究要留给人们一些什么，它不会白白地流逝。有一个人，终生在寻求生活的意义，直到最后，他才明白，人生的真谛实质是十分简单，就是幸福从未离开过你。"

对于海莲·汉芙而言，幸福的开始，是她向位于查令十字街84号的"马克思和科恩书店"寄出的第一封信。

　　汉芙是一个极为厌恶新书的人，而这家书店内恰好都是最廉价的旧书籍。寄出购书的书信之后，汉芙没等多久便收到了回信，以及那些陈旧的书。就这样，他们开始了通信。

　　她是自由的独身女人，在写给店主弗兰克·德尔的书信中，她或是欢喜，或是娇嗔，或是悲伤，或是抱怨。而弗兰克·德尔有一个漂亮的妻子和两个可爱的孩子，因而他回复的信笺是纯正的公文，生硬中夹带着古板，然而他那绅士般的细致，则让人觉得极为舒心与喜欢。

　　光阴一寸寸裁剪，来往于伦敦与纽约的书信，则成了他们平淡生活中无法缺席的旁白。在二十年的时光中，他们未曾见过彼此；在数百封信笺中，字里行间未曾涉及一个"爱"字。

　　只是，不曾提及并非不会想念。我不否认弗兰克·德尔对妻子的忠贞，对家庭的负责，只是我相信，在这二十年间，他定然会在某一刻想起远在远方的女子。

　　月洒窗台时，他定然有过难眠的时刻，回想着当天收到的俏皮书信，让自己的思绪暂时逃脱道德的捆绑。游走于书架间，他定然会忽然注意到在书店驻足的某个女子，看着她来想象汉芙的模样。电视机里转播纽约元旦盛况时，他定然也会在人流如织的广场中捕捉她的身影。

遇见你之后，都是好时光
yu jian ni zhi hou
dou shi hao shi guang

010

　　并不是所有发生的爱情，都会求得两人在一起的结局。

　　正如海莲·汉芙自己所说，爱情的另一种译法，是在远方静静怀念。

　　1969年1月，纽约的冬天似乎比往年更冷一些。

　　海莲·汉芙像往常一样收到了来自伦敦的信笺，当她打开后，却发现这并不是弗兰克·德尔的笔迹。简短的篇幅，使她得知了他的死讯。

　　通信的二十年间，她不曾抵达那家书店，不曾听闻他说爱她，但她的心早已属于查令十字街84号，属于在寂静中的某个瞬间悄悄开启心扉的弗兰克·德尔。

　　不久之后，她收到了他妻子所写的信笺："不怕你见笑，我曾经很嫉妒你，因为弗兰克对你的信如此喜欢，你的信与他的幽默感又如此相同。"

　　西蒙·波伏娃在《越洋情书》中写道："我渴望能见你一面，但请你记得，我不会开口要求要见你。这不是因为骄傲，你知道我在你面前毫无骄傲可言，而是因为，唯有你也想见我的时候，我们见面才有意义。"

　　于他们而言，相见反而成为一种负累。倒是纸上的文字与情意，赋予了这份不曾明言的爱恋，一种永恒的意义。

《查令十字街84号》这本书之所以让我们那般迷恋，想必也是因为：相隔万里，未曾谋面，但我始终未曾忘记爱你。

最性感的男人在厨房

当你去一个陌生的地方旅行时，你定会与多数人一般，在最著名的景点拍照留念，而后尽兴而归。

然而，如若只是这样，你永远无法触摸到这座城市的脉搏，像是穿了一件没有衬里的华服，徒有光鲜的外表。汪曾祺老先生说得好："到了一个新地方，有人爱逛百货公司，有人爱逛书店，我宁可去逛逛菜市。看看生鸡活鸭、新鲜水灵的瓜菜、通红的辣椒，热热闹闹，挨挨挤挤，让人感到一种生之乐趣。"

是的，游走于菜市中的人们，或许没有所谓的文艺范，或许没有坐在星巴克里闲聊的优雅，或许没有吟诗作赋的闲情，但他们看得到生活的纹理，触得到生活的质感。

将新鲜的食材买回家，一样一样洗净，或炒或炖或煎或煮，有条不紊，不慌不忙，像是在完成某种神圣的仪式。

有人说，厨房是治愈系。这话我是相信的。如若在厨房中忙活着的是女人，那这个家定然是有情的。如若系着围裙的是男人，那厨房中除却油盐酱醋的味道，还弥散着一丝性感的味道。

遇见你之后，都是好时光
yu jian ni zhi hou
dou shi hao shi guang

012

围着围裙的男人，将做好的菜与汤，一一端上餐桌。

窝在沙发中的女人，扔下半袋薯片，满心欢喜地坐到桌前。男人有些期待，又有些紧张，等待着眼前这个女人的评价。

"明明是用了同样的作料，为什么你做出的菜，那么好吃？"男人忙活了一下午，终于等来了女人这带着疑问的夸奖。

他笑了，她从未在别人脸上读到过如此性感的笑容。他自始至终都没有回答她的问题，只是表示愿这样为她做一辈子。

若不是《爸爸去哪儿2》的热播，我印象中的黄磊，仍是一位长发飘飘、敏感多思的文艺青年。他或是民国年间的诗人徐志摩，或是枕着江南水乡做一场秋梦的修书者。

银屏中的他，吟咏着忧伤与寂寞；银屏之外的他，也时常躲在安静的角落读一本书，或是点一支烟，在晨雾中眺望窗外的天。

这样的他，出现在《爸爸去哪儿2》节目里，褪去了文艺青年的青涩与敏感，成了微微发胖，常常围裙加身的，且时不时便语重心长教导女儿的男人。这多少让我有些吃惊。

人们不禁会问，原来那个文艺气息浓厚的黄磊去哪儿了？

他这样回答："原来那个文艺青年还在我心里，只是我不需要再和别人分享，不需要一直表现出来，是时候让我们俩独处了。"

他的确变得俗气了，只是我并不认为这种俗气不好，反倒觉得这样的他，更接地气，更有人情味。

用柴米油盐换那风花雪月，都是为了爱情。

蔡康永曾说："恋爱的纪念物，从来就不是那些你送给我的手表和项链，甚至也不是那些甜蜜的短信和合照。恋爱最珍贵的纪念物，是你留在我身上的，如同河川留给地形的，那些你对我造成的改变。"

这些改变并不是被迫，而是人生的一种不可回避的经历，是一种无法忽视的成长。

黄磊与孙莉恋爱长跑九年之后，真正组成了自己的家庭。结婚之后，他从未舍得让她洗手做汤羹。有人曾问他："做饭、修理家电都由你负责，那你媳妇负责什么？"

"他负责夸我就行了。"他的回答，简单而有力，甜蜜而温暖。

黄磊不止一次坦言道，他最愿给家人做饭，再兴高采烈地看着她们吃完。他享受送完孩子就去菜市场买菜的过程，享受在厨房忙碌的过程，享受得到家人称赞时的喜悦。

我甚至能想象到，他在干净的厨房中，井然有序地掌控着每一道菜的工序，在发热的铁锅中放上油，接着往锅中放葱、

遇见你之后，都是好时光
yu jian ni zhi hou
dou shi hao shi guang

014

姜、大料、八角、盐、酱油、料酒……阳光下的面盆里，发酵着用来烤面包的面团。妻子松松地绾着头发，时不时进来转一圈，视察进展，也顺便拿走些杏仁、核桃干。

妻子走出厨房之前，看着他有些发福，却依旧宽阔的肩膀，不禁有些感动。恰巧此时，他回过头来，看到妻子深情的眼神，内心也涌起无限温情。

那一刻，他是那样感性，又分外性感。他用无尽的耐心与柔情，用万分的细致与专注，做出的美味饭菜，是对这份爱情最完美的阐释。

谁说这不是文艺的另一种注解呢？

"当你陷入在爱河里的时候，时间的长短并不重要，重要的是你曾感受到的和做过的每一件事。"阿兰·德波顿在《爱情笔记》中如是说。

每天中午十二点，同事就会放下手中的工作，三三两两结伴去公司附近的餐馆用餐。而我最近则退出他们的队伍，将早晨带来的午餐放到微波炉里热一热。

我打开玻璃饭盒，底层是用白米和黑米混合蒸成的米饭，其上覆盖着用慢火炖了很久的可乐鸡翅。我将饭盒放进微波炉里，拧开中火。三分钟之后，米饭的醇香与鸡翅的美味便扑面而来。垫着一块海绵，我把热气腾腾的午餐端到休息室中。其后，我又从冰箱里拿出带来的用香蕉、草莓、西瓜拌的沙拉，津津有味地吃起来。

吃饭较晚的同事经过休息室时，总会探进头来，情不自禁地说道，好香。

每当这时，我总会想起那个清晨在厨房忙碌的身影，心中不自觉涌起幸福感。

我为你做的菜中，勾兑着油盐酱醋，也添加着微风山花、阳光雨露，更洒落着祝福关怀，深情挚爱。

这就是为何，我为你做的饭菜如此与众不同。

如果拉萨有颜色

旋律有希望，有向往，有辽阔，有高远，也弥漫着淡淡的忧伤。拉萨这座让人魂牵梦绕的城市又何尝不是这样？那囊括所有蓝的天空，那肃穆威严的雪山，那如孩子的眼神般清澈的格桑花，仿佛很远，又好似触手可及。

在我的想象中，拉萨的颜色，该是深深浅浅的蓝色，海蓝、蔚蓝、湛蓝、紫蓝，凡是能想到的蓝色，在那片辽远的天空中，都是存在的。铺在上面的棉花糖一样的云朵，也应随意

遇见你之后，都是好时光
yu jian ni zhi hou
dou shi hao shi guang

016

变幻着形状。

弗朗索瓦丝·萨冈说道："所有漂泊的人生都梦想着平静、童年、杜鹃花，正如所有平静的人生都幻想伏特加、乐队和醉生梦死。"

我想多半人都是属于后者的，在平静如深潭般的生活中，张望着远方雪域的天空。

流浪，这个词太具诱惑力，仅仅是想一想，便让人心旌摇曳。只是，我们都无法随心所欲地活着，无法像三毛那样穿着及地长裙在大漠中自如穿梭，那些猛然冒生出来的流浪欲念，终究要随着落日隐入湖底。

然而，即便如此，我们仍要执迷不悟地怀着一个有关远方的梦想。

十一长假，终于决定背上行囊去拉萨。

之前并没有太多的准备，攻略也只是草草看过几篇，仿佛梦一般就坐上了飞机。

飞机转乘重庆之后，我便望着窗外，等待贡嘎雪山的出现。那一天，天气格外晴朗，透明度极好，因而雪山与湖水连绵着扑入眼中，甚至连拿相机的时间都腾不出。

就这样一路惊叹着，恍惚着，晕眩着，在云朵的包裹中前往拉萨。

　　抵达时，已是深夜。星星散发着深深浅浅的幽蓝，仿若刚刚从印染机上拿下的靛蓝布匹。朝圣的人潮散去，布达拉宫灯火璀璨，神圣与威严中又带着一丝寂静与落寞。

　　我久久地站在布达拉宫前，仰望着缎般的夜空，像是回应在心中潜伏许久的信仰。

　　回到平措青旅歇息时，已不知几时，少了平日里的辗转反侧，一夜无梦。

　　在来拉萨之前，在各种资料上不止一次地看到去拉萨一定要做的十件事情：要到玛吉阿米酒馆的顶楼静静发呆，要在大昭寺外的八廓街游荡，要在大昭寺前的广场上沐浴阳光，要到哲蚌寺看僧侣辩经，等等。然而，未有一条提到，要抛开所有的拘束，去追寻在暗处藏匿着的另一个自己。

　　世间广阔无垠，人生短暂微茫。你我生命的轨迹，并非只是一成不变地撕下一张张既定的日历，而是按照自己最为中意的方式，心无旁骛地去丰盈它，使其由瘦骨嶙峋而渐渐变得深沉饱满。

　　在拉萨，我做得最多的事情，便是去大昭寺前的广场上。看着那些虔诚到极致，一路磕着长头的人，不禁觉得精神贫瘠的自己格外苍凉。有信仰的人，是幸福的。在他们心中，信仰或许就是如生命般的存在。若非如此，他们又怎会在烈阳之

遇见你之后，都是好时光
yu jian ni zhi hou
dou shi hao shi guang

018

下，在漫漫长途中，匍匐着跋涉。

在通往大昭寺的路上，有一家光明港琼甜茶馆，我总会在那里要一份酥油茶和一碗青稞面。那里总是停留着匆匆的过客与流浪者。有时，彼此只是沉默着看着窗外漏进来的宁静阳光，将自己当成芸芸众生中的一个个体；有时，大家也会寒暄几句，问问对方来自哪里。

在这里，我时常看到一对老夫妻，大概年过六旬的样子。他们脸上的肤色已经接近当地人，铜黄中带着黝黑。由于时常碰面，且挨得很近，我们便闲聊起来。

他们开车从北京出发，一路向西，玩到了西藏。半路上，由于路途难行，便折价将车卖掉，继而买了火车票，最终抵达西藏。

在路途中，他们每到一个地方，便会在自带的小本盖上一个章，并拍一张两人牵着手的特写照片。三个月的时间，他们盖的章已经遍布本子的每个角落，相机里也储存下许多张牵手照片。

我问能否看一看他们的照片，他们欣然将放在包里的相机拿出递给我。每一张照片的背景都不同，或是小桥流水，或是茂密深林，或是婉曲公路，或是巍峨雪山。他们的手，因长时间暴晒，变得干瘪粗糙，甚至起了很多褐色的斑点。就是这样两双手，在每一张照片中，都是十指紧紧相扣，像是一种庄严的仪式，像是一种神圣的托付，更像是一种无言的相依为命。

我抬起头，眼中不禁有泪花闪现，而他们满是皱纹的脸上，绽放着笑容。

他说，来到拉萨，是他们年轻时的约定。然而，由于生活中的种种变故，始终未能成行。如今，孩子们早已成家，他们也已老去，如若再不起程，这个约定也只能被沉默着带进坟茔。于是，他们稍稍安顿好家里，便开始游行。

一路上固然艰辛，但途中的美景，以及彼此感受到的点滴感动，都是沉甸甸的馈赠。

忽然想到叶芝那首经典至滥俗的诗歌：

当你老了，头发白了，睡意昏沉，
炉火旁打盹，请取下这部诗歌，
慢慢读，回想你过去眼神的柔和，
回想它们昔日浓重的阴影；
多少人爱你青春欢畅的时辰，
爱慕你的美丽，假意或真心，
只有一个人爱你那朝圣者的灵魂，
爱你衰老了的脸上痛苦的皱纹；
垂下头来，在红光闪耀的炉子旁，

遇见你之后，都是好时光
yu jian ni zhi hou
dou shi hao shi guang

020

凄然地轻轻诉说那爱情的消逝，

在头顶的山上它缓缓踱着步子，

在一群星星中间隐藏着脸庞。

年轻时的梦，到垂暮之年才实现，并不算晚。佝偻着身躯，陪你走遍万水千山时，也就走遍了你心里每一寸沟渠与褶皱。

坐飞机离开拉萨时，我透过玻璃窗向下望。拉萨又成了地图上的一个点，仿佛我从未抵达过那里。

那一刻，我忽然明白，拉萨的颜色并非是深深浅浅的蓝色。它该是白色的，如同一张未曾渲染过的白纸一样，到处留白。不管你是从没去过那里，还是已经去过数次，它都一如既往地存在于你的想象中，随着你的喜好呈现着不同的姿态。

或许，这也正是它令你我着迷的缘由吧。

感谢我被你温柔相待

银屏里的女二，总是使尽浑身解数，种种伎俩，让女主与男主之间频频产生误会、嫌隙，满以为如此便可得到男主的青睐，最终却弄巧成拙，非但未能如愿驻于男主心里，甚至落得众叛亲离的下场。

　　自以为聪明的女人，总要为聪明付出这样或那样的代价。信心满满地认为自己可以寻得一条再便捷不过的道路，最快最省力地抵达目的地，最终却发现自己不仅没有赏到婉曲回环小路上的美丽景致，且目的地唯有孤零零的自己，以及来去无踪的风。

　　人生如此，爱情更是这般。

　　谁愿意终日面对一个满腹心计的女人，在猜忌与惊慌中过着波澜迭起的生活？

　　陈奕迅在聚光灯下，用低沉而不失柔情的嗓音唱道："爱情不停站，想开往地老天荒，需要多勇敢。你不要失望，荡气回肠是为了，最美的平凡。"

　　第一次听到这首歌时，我在充满疲惫的人生列车里，无可抑制地哭出了声响。

　　小瑜，我的表姐。曾如一只视死如归的飞蛾，不怕燃烧成灰烬，只怕燃烧得不彻底不充分。她的美，不仅仅是长腿、细腰，更有一种从骨子里散出的傲气。正是这股傲气，驱使着她要寻一段轰轰烈烈的爱情。

　　在未对这个世界的残酷有足够了解时，她在春日迟迟的园林里高调地盛开，即便是翌日换来一场风雨，也不会瑟缩着躲在墙角。未雨绸缪固然值得赞扬，但它同样会让当下的生活失

遇见你之后，都是好时光
yu jian ni zhi hou
dou shi hao shi guang

022

去本该有的美好。

于是，她想要的东西定然要得到，即便她相中的物什，是镶在夜空中的那枚月亮。如若她得不到，也不会让旁人得到。

而今，她守着一个再平凡不过的男子，守着柴米油盐，过着风平浪静的日子。不需要费尽心机以求耀眼，不必战战兢兢只为光鲜，不再在两个人的爱情中追寻一个人的精彩，而是甘愿做一只笨笨的蜗牛，在凉薄的时光里，记得对方的生活细节，了解对方的日常习惯，坦然接受对方递过来的温暖，笨拙而缓慢地爱下去。

翻山越岭，历经沧桑之后，她终于寻回了自己；在荡气回肠之后，她终拥有了最美的平凡。

五年之前的表姐，是不甘囿于厨房，摘下玉手镯，脱下高跟鞋的。她幻想香气袭人的玫瑰花，以及浪漫的烛光晚餐。

街坊们都说，她当嫁给一个才貌双全的男子，才不枉这一副如花盛开的好相貌。

如人们所说，表姐确实爱上了这样一个男子。出乎人们意料的是，有人比她先到一步，表姐作为后来者，以花容月貌为底气，以骨子里的傲气为支撑，不顾家人的反对，更无暇顾及拥有者的感受，抛下手中拥有的一切，毫不犹豫地闯入了他的生活。

那时，她涉世未深，不懂得男人需要为琐碎的生活注入些许活水，以使几近停滞的日子携带新鲜感与刺激感；更不懂其实她好似一本放置在书店里的书，而他不过只想逛逛书店，待他将这本感兴趣的书匆匆读完后，便将其放回原位，心满意足地走回亮着一盏灯的家。

最终，在她沉醉其中无法自拔时，他镇定自若地抽出身来，像从前那样陪着妻子逛超市，推着的货物车里放着竹笋、青菜、西兰花、蒜薹、酱油、陈醋，还有孩子的奶粉、尿不湿。

平淡，从来都是生活的主色调。

甘于平淡，才能触摸到生活的纹理与质地。

波澜过后，无论情愿与否，每个人都得双手接住这并不浪漫的岁月。

再次见到表姐时，她已有了身孕，一脸的平静与幸福。

她从丈夫那里，不曾得到玫瑰与烛光晚餐，但他们越来越像一个人，对彼此的存在习以为常，从未厌烦。

世间人来人往，而陪着自己回家的，只能有一个。如此看来，表姐是幸福的。

她不再为了留住烟花般光彩的男人，就俯身低到尘埃里；不再为了触到那道绚烂的彩虹，就穿上芭蕾舞鞋，用尽全力踮

遇见你之后，都是好时光
yu jian ni zhi hou
dou shi hao shi guang

024

起脚尖。她仍旧是那本书，而如今守在她身边给她剥橘子的人读懂了她，并将她带回了家。他给予她的爱虽简单，分量却并不因此而减少，足以承担得起沉重而缓慢的斑驳岁月。

时光悠长，我们身上都染了风霜。我们不再似从前那般急躁、焦灼、慌张，不再为了光彩耀人而千般猜忌、万般算计，而只是随缘随喜，缓慢而踏实地向终点一步步走去。

因我们知道，总有一个人，会适时地将跌倒在地的我们扶起。即便路途再遥远，也有人替我们挡着风霜，遮着雨雪，在无涯的时间与无边的天地里，陪着我们颠沛流离。

当我们如此过活时，终会被这个世界温柔相待。

一度的温暖，一百度的爱情

在去南方旅行的火车上，我看到我旁边的那位女子始终低着头，在看像是日记之类的记事本。

我稍稍侧过头去，发现纸上的字迹遒劲有力，撇捺之间带着男性独有的阳刚之气，不禁产生了极大的兴趣。

许是注意到了我的目光，感受到了我的好奇，她转过头来笑着问我要去哪里。时常在旅途中捡拾故事的我，自然知晓身旁的这个女孩儿，又会给我单薄的生活带来慰藉与温暖。

生活泥沙俱下，幸然路途之中始终有感动存留。这些在路途中遇到的人、听来的故事，都赋予了生命一种别样的色彩。不管这些故事是充满欢笑的，还是带着泪痕的，都指引着我向世界的更深处，像掘井那样挖掘出更纯净的爱与最明朗的光。

离终点尚远，阴沉着的天空开始下起小雨。雨滴氤氲着趴在车窗上，像是玻璃的泪痕。

从你言我语的来往之中，我知道了她并非是去旅行，而是在离开之后重新回应一段感情。

多丽丝·莱辛在《裂缝》中写道："温柔这个品质我们一般不轻易和年轻人联系在一起，它需要经过生活的锤炼后加到我们身上。这种锤炼使得我们更加柔和，更加有可塑性，超出了我们早年的骄傲所能容忍的程度。"

在年轻之时，涉世未深的我们，所触碰到的爱情，时常是热烈的，色彩斑斓的，奋不顾身的，但这样的爱比任何时候都脆弱。一旦轰轰烈烈的爱情出现裂痕，鲜有人能以温柔之心去包容它，并试图将其修复，使之完好如初。

更多的时候，我们往往以假装放弃的方式，来证明自己的在乎与存在感。待到它真正如水流走，我们才恍然明白，失去这段爱情并非是我们的初衷。

经历过一次次失去的伤痛之后，我们才渐渐变得柔韧、温

遇见你之后，都是好时光
yu jian ni zhi hou
dou shi hao shi guang

026

和。然而那时，我们再也不会像从前那样轻易向谁敞开心扉。

　　窗外的雨，渐渐小了，天色也稍稍明快起来。

　　她告诉我说，大学毕业之后，她不顾爸妈反对，便跟着男友回了成都老家。他刚刚开始工作，一个月的薪水很少，他们只能租住在设施极为简陋的老房子里。

　　他时常觉得对不起她，而她并不觉得苦。每天清晨醒来，木桌上早已端上他起早熬制的粥；夜半被噩梦惊醒，发觉他在身后紧紧抱着自己。用困顿的生活换来这丰厚的爱，于她而言，无论如何都是值得的。

　　成都的冬天，房间冰冷而潮湿。来自北方的她，习惯了屋里的暖气，没过多久，便病倒了。他向公司请了假，日夜守在床边，心疼至极。病床上的她，笑着安慰他。等她脸色像往常那样红润时，他才放下心来，重新上班去。

　　当我们相信爱时，即便是一点一滴的感动，我们也能从粗糙穷困的生活中挑选出来，将其置于放大镜下，反反复复地看。甚至认为，那些所谓的辛苦不过是些微末，而这些甜蜜才是全部。

　　由于客观条件的制约，在冬天，她只能一周洗两次澡，分散于周四和周末。

每到这两天晚上，他便提前将浴室的水加热，且赶在她前面洗。起初，她并不觉得谁先谁后有什么差别。时日渐长，她渐渐觉得他不再像先前那样宠她。

于是，一个周末晚上，在他刚要拿着浴巾走进浴室时，她便赌气一般冲到他面前，执意要求先洗，仿佛这是她的一次赌注，以此来证明爱之存在与否。

在他温柔的劝说中，她仍倔强地站在浴室门口，丝毫不退步。最终，他声音的分贝开始加高，神色也严肃起来，她的心一寸寸沉下去。因而，她抱着要换洗的衣服，一步步挪离至屋内。

原来，人们说的都是对的，生活穷困时，最精致的感情也会渐渐粗糙。最初，他尚且宠着你，就像刚买来的那双鞋子一样，落下一点灰尘，都要俯下身去擦拭干净。日子久了，他开始忽略你的感受，你的皱眉与落泪，都难看进他的眼中。犹如那双穿久了的鞋子，在拥挤的地方，被人踩了一脚，也懒得低头去看。

自从滋生这个想法之后，她便开始抱怨眼前毫无希望的生活。

爱情从来都是因相信而存在的，怀疑一旦产生，感情也就有了裂口。

所以，当她的父母向她提出回家的要求时，她便以委婉的

遇见你之后，都是好时光
yu jian ni zhi hou
dou shi hao shi guang

028

方式向他提出了分手。

他知道挽留是无用的，况且眼前的生活也的确太过为难她了。

当初她带着整颗心与丰满的希望，与他一起来到南方这座城市。如今弄丢了爱情与梦想，独自一人踏上回家的路时，陪伴她的唯有一个发旧的行李箱。

生活，总是以我们意想不到的方式，在我们心中刻下伤痕。

回家后，在父母的安排下，她在一家公司做着行政文员的工作。

日子不再那样清贫了，心却再不像先前那般丰满。

直到有一天，她收到一个包裹。打开后，她一眼认出那是他每天都写的日记。她不禁疑惑，当初他未曾挽留自己，又怎么千里迢迢寄来这本日记。待她看完日记本背后附着的字条后，才知道这是与他交情甚深的朋友偷偷寄来的。

她一字一字地看着，往时的点点滴滴缓缓浮上来。待她翻到他们第一次争吵的那一页时，那强忍着的眼泪，终于找到了可以肆无忌惮流淌的理由。

她翻到那一页，指给我看。

短短几行字，道尽了他对她的爱。

怕她再次受寒，他总是抢着先洗澡。即便她有怨意，他也坚持着不退让。因他明白，持续放着热水的浴室，温度会比刚刚进来时高一些，这样她再来洗时，便不至于太过寒冷。虽然上升的温度有限，但这一度的温暖中，饱含他百分百的爱情。

因而，她辞掉工作，挥别家人，再一次奋不顾身地起程。这一次，换她追求他。

天空完全放晴时，火车正好抵达成都站。

她将日记本放在背包中，提着并不重的行李走下车。

路过我们共同坐的位置时，她朝窗内的我挥挥手，随后做了一个胜利的手势。

我们都笑了。

路过她的世界，是这趟旅程中最美好的记忆。

温暖一路跟随，你只管走向远方

2014年3月14日下午，因在《血疑》中扮演山口百惠的父亲而被我们熟知的日本影视演员宇津井健去世，享年八十二岁。

也正是在那一天，他与晚年交往已久的名古屋高级俱乐部老板娘加濑文惠一起提交了结婚申请。当一切手续都办理妥当，两人正式成为合法夫妻时，宇津井健便拥有了第二次婚

遇见你之后，都是好时光
yu jian ni zhi hou
dou shi hao shi guang

030

姻，消除了此生所有的遗憾，带着安详的笑容离开了世间。

加濑文惠终以家人的身份主持了宇津井健的葬礼，她在告别仪式上深情地说道："（3月14日）对我来说是最棒的白色情人节，因为我有一个这么棒的家人。"

对于此，娱乐圈又掀起一波浪潮。不仅宇津井健的影视作品全部被翻出来，就连他与第一任妻子那至真至纯的爱情也重新浮出水面。

宇津井健在自己的演艺生涯中，以扮演好父亲的角色而出名。在生活中，容貌端正慈祥的他亦是一位好丈夫与好父亲。二十三岁时，他在作家尾崎士郎夫妻的介绍下，开始与友里惠交往，七年之后两人携手走进婚姻殿堂，愿与彼此携手至老。

在娱乐圈中，他鲜有绯闻出现，每当记者将话筒递到他面前，以求些吸人眼球的新闻时，他总是笑着说道："没有她，就没有今天的我。"

没有人会怀疑，他们的爱情是天长地久的永恒。

只是，当一个人的生命静止时，这天长地久也就成了一纸过时的契约。

友里惠的身体并不好，后来又身患癌症。几经治疗之后，终究撒手人寰。

宇津井健陪着她度过了人生最后的时光，并将内心最深刻的感情给予了妻子。在她去世之后，宇津井健为了表达对妻子的思念与感激，亲手制作了陶艺骨灰盒来送走妻子。

想必，任谁听闻他们的故事后，都觉得这是爱情之中最美丽的一种。甚至，人们还为之编写了余生的生活剧本：怀着对妻子无尽的思念，孤独终老。

只是，影迷们的意志并不能成为当事人的思想。生命也似乎不该就此沉寂。

路还那么长，你怎么忍心停滞原地，不在远方为幸福寻得一席之地？

这个世界，总有太多无形的东西束缚着我们，规定我们在何时成为何种人。如若我们只是遵循内心真实的情感走上自己想要走的那一条小径，而稍稍违背了众人的意愿，定会招来人们不满。

可是，忠于自我，追求幸福，才是一生之中永远不能停止的使命。

与友里惠共同生活的那段岁月，已是宇津井健记忆中最美的时光。她不在了，他又何必禁锢了自己的自由？将她放在心底，然后迈开脚步走向下一个驿站，才不会辜负生命的馈赠。如若已然香消玉殒的友里惠在天有感，想必也会支持他与加濑

遇见你之后，都是好时光
yu jian ni zhi hou
dou shi hao shi guang

032

文惠的交往。

当宇津井健与加濑文惠交往的消息传出之后，人们议论
纷纷。

有人对其表示祝福，有人则对其发出疑问，为何爱情不能
专一一点、纯粹一点？

一个垂暮之年的老人，仍旧勇敢地追求爱情，依然对所爱
之人做出承诺，这难道不是一件值得鼓励的美好之事吗？

我们都希望爱情可以永恒，只是在无法走到生命尽头时，
爱情也该在日落之前，再一次扬帆远行，再一次起程和出发。

唯有在路途之中，才可能一次次点燃幸福的信念，才可能
一次次回应爱情慷慨的邀请。

记得鲁豫在采访周迅时，问道："不爱会怎样？"

"会死。"周迅的回答，干脆利落，丝毫不拖泥带水。

每次恋爱时，她都全情投入，高调谈起彼时彼刻陪在她身
边的男子，甘愿在每一段爱情之中沉沦，成长。

当她披上婚纱，对高圣远说出"我愿意"时，她的爱情终
尘埃落定。人们在给予祝福的同时，也将她的情史如数家珍般
翻出来。

二十一年的时间里，她共有八任恋人，几乎每一任皆是与

她演对手戏的男子。前一次亮相时还一脸笑容沉浸在爱情中，隔一段时间再出现时，便暴瘦着宣布，那不过是一场劫难。

可她并没有因这满身的伤痕，便停滞不前。当听到爱情再一次的召唤时，她又光彩照人地投入到恋人的怀抱中。

"什么是爱情？我不知道，但我知道它的魅力所在，它是我的致命伤，但是我愿意为它受伤。"这是周迅在2005年接受采访时所说的话。如今再看来，只觉得这个女子身上有着无穷的能量，这能量指引着她穿越茫茫黑夜，直至瞥见爱情曙光。

对比之下，我们身边有多少人在二十多岁的年纪，便一次次质疑自己是否还会遇到爱情，是否会变成"剩女"。更有人在谈过一次失败的恋爱之后，从此不再相信爱情，打算随便找个人嫁了。

最终，在等待与抱怨之中，我们只得到了等待与抱怨。正如铁凝在《岁月里你别一直等》中写道："那些美好的愿望，如果只是珍重地供奉在期盼的桌台上，那么它只能在岁月里积满尘土，当我们在此刻感觉到含在口中的酸楚，就应该珍重身上衣、眼前人的幸福。"

一切美好与温暖如影随形，静静注视着你。

只要你敢于走向远方，它就会永远追随。

遇见你之后，都是好时光
yu jian ni zhi hou
dou shi hao shi guang

034

年华似水，有你才美

闺密欢拍婚纱照时，我正好休假，便陪着她去了。

画上浓而不腻的妆，披上洁白如雪的婚纱，姿色本来就突出的她，还是那么美。在拍单人照时，她每一个动作都极为自然，毫无做作之感，但与未婚夫陈明站在一起时，她便显得很是局促，无论摄影师怎样指导，她脸上的笑容以及摆出的姿态都稍稍显得别扭。

她身形娇小，身高只有一米五五，但因生得花容月貌，口口声声说非白马王子不嫁。前几年，尽管周遭不乏男子向她表白心迹，她始终未放宽择偶底线，宁愿一个人在窗口姿态优雅却寂寞地看着月亮，也不愿慌张地掉入婚姻的泥沼，系上围裙与伴侣一起洗碗。

直至遇见陈明，她那一颗不安分的心才尘埃落定，不再张望远处那座更高更巍峨的山峰。单身美则美矣，终究像一枚尚未镶嵌的宝石，即便闪着诱人的光泽，终少了些许衬托。陈明一米八多的个头，长相不凡，事业也算小有成就，他的适时出现，恰如大气却不乏精致的托座，将她这枚宝石衬得甚是耀眼。

他们站在一起时，高矮悬殊，引来不少行人侧目，但偏偏他们都不愿活在旁人的眼光里，认为彼此相爱已然足够，又何必为了躲避冬天的风雪，就在炎热的夏季早早地穿上棉衣。

要与最适合自己的人披荆斩棘地度过蛮荒岁月，让细水长流，而不是与他人眼中的完美王子或公主清晨激情投入，傍晚便两两相散，他们清楚地知晓内心所需，即是找到能与自己披星戴月抵抗平淡生活的伴侣。

于是，欢心甘情愿地脱下了舞鞋，洗手做汤羹。陈明也决定用自己的肩膀做她的翅膀，在凉薄的世间赠她以温柔。

拍婚纱照，他们站在一起依然是那般不和谐，即便欢踮起脚尖，仍够不到他的肩膀。尽管陈明紧紧握着她的手，以眼神示意她不必拘泥，她仍旧觉得难为情。我在一旁极力像平日那般和她开玩笑，也是无济于事。

最终，摄影师放弃当前外景的拍摄，将他们带到另一个外景地。那里有着欧式风格的建筑，每座城堡式的房子前，都有大理石铺设的台阶。摄影师指挥陈明下一个台阶，如此他恰与穿着高跟鞋的欢相称。

就这样，陈明伸手揽住她的腰，她轻轻靠在他的肩膀上，摄影师不失时机地按下快门。那张照片上的他们，笑容绚烂如

遇见你之后，都是好时光
yu jian ni zhi hou
dou shi hao shi guang

036

霞，任谁看来都觉得他们是天造地设的一对璧人。

生活并不像我们想象中那样随时皆合你我心意，它变幻莫测，时而风雨时而晴，春秋冬夏交替轮回。

眼前人又何尝不是如此，他不是踩着七彩祥云悄然而至，提着利剑和龙作战的英雄，他有软肋，亦脆弱。

因而，不必苛求，懂得适时下一个台阶，无论生活与眼前人，便都恰好与自己合拍。

如若说爱情是一首辞藻华丽的诗歌，那么婚姻则是一篇流水账似的日记。前者是爱浇灌的灵感，后者则是烟火厨房里的平淡与油腻。

结婚后，欢与陈明免不了为些琐事争吵。起初，每当他们之间出现矛盾与争执时，欢便气鼓鼓地将我约到咖啡厅，继而关掉手机。然而，每次我们都还未坐稳，陈明的电话便打到我这里。我笑着把电话传给欢，自己用汤匙慢慢搅动着咖啡，看着欢脸上的神情由不快变得欢喜。

他下了一个台阶，所以他们的心又处在了同一高度上。

尽管他们有千山万水的路途要走，有鸡毛蒜皮的琐事要处理，有朝夕相处以至于出现审美疲劳要慰藉，但因他甘愿主动下台阶，他们的生活在周遭人眼中，仍像刚刚相恋那般相契无间。

人生之路，婉曲而漫长，台阶似乎永远下不完。

被爱的人，总是有恃无恐，将任性当作一种依赖，以此验证对方的情到底深几许。

欢约我在咖啡厅见面的次数越来越多，我也时常告诉她，宠爱的分量是定值，总有一天会用完。她听完则一笑而过，姿态悠然地等着我的电话铃声响起。

渐渐地，他开始倦了，累了，不愿再在无尽的台阶上走下去。那一次，从午后三点至夜里十点，我都没有接到电话，只是收到了一条短信，说他暂时搬去了朋友家。

走出咖啡厅，街上行人寥落，只有呼啸而过的车与风。

我跟着她回了家，一进门就看到客厅里摆放着他们那张婚纱照。他揽着她的腰，她轻轻靠在他的肩膀上，笑靥如花。照片中的他们如此和谐，只因他们并未站在同一水平面上。

他下一个台阶，自然能营造融洽的生活氛围。但婚姻犹如了无新意却又一再重播的韩剧那般充满乏味感，当他累时、倦时，她也该懂得去包容，朝着他的方向迈上一个台阶。如若她始终站在原地，而他一直下台阶，他们同样会距离彼此愈来愈远，甚至错过。

遇见你之后，都是好时光
yu jian ni zhi hou
dou shi hao shi guang

038

　　她看着这张婚纱照，终于主动拨出了他的电话。

　　第二天，因我要上班，欢早早地送我出门。打开门那一瞬，我们正看到陈明仁立门侧。惊愕之余，欢的眼睛里漫起晨雾。我接过欢手中的包，独自走出小区。转弯之前，我回望了一眼，正看到他们牵手走进家门。

　　这一次，她上了一个台阶，他们的脉搏又开始和谐地震动。

　　你下来也好，我上去也罢，都是为了在似水的年华里，制造美丽的记忆。

无论受过多少伤，
总有人让你相信爱情

世间的离散总比邂逅多，但愿你我都淋漓尽致地爱过。

深情难以对等，但愿用情深的人不曾悔恨。

爱情不会等你有空再来

关于香奈儿，我想没有女人是不爱的。即便是不爱看时装表演，极少看时尚杂志的女人，在听到别人提及香奈儿时，内心也如长满繁花的花园，在微风的吹拂下，瞬时绽开。

因而，《年轻的香奈儿》这部影片上映时，多少女人拿着一张票，走进了影院。影片中，曾在《天使爱美丽》中饰演艾米丽的塔图脱去了色彩明艳的红色洋裙，换上了经典的黑白粗呢套装，俏皮的短发有了雅致的微卷，周边的空气好似弥漫着浓而不烈的香水味道。就这样，传奇在光影中重现。

在观影之前，我曾以为这部影片无非是香奈儿的宣传片，所用的叙述手法也不过是直白地讲述香奈儿如何从一个普通女孩儿成为时尚教主。独自一人坐在有些简陋的电影院中，观看至一半时，才开始相信它并没有刻意拔高那位时尚女郎的艺术能见度，而是竭力从一个普通人的角度，倾心再现了她跌宕起伏的一生。

影片结尾处，香奈儿神色凝重，略带忧伤，又稍带欢笑地坐在T台的楼梯旁，镜中映出她的身影，恍惚之间，她仿佛窥看到一个时代的风景一幕幕掠过。

旁人都说，楼梯边的她是在回味自己的一生，而我固执地认为，她是在回味那段用力追寻而来的爱情。

每件衣服都有自己的主人，但并不是所有的衣服都能与主人相遇，或是被错误的人拿走，或是永远被压在仓库中。衣服找对了主人，才能显示出其独有的韵味与格调。爱情又何尝不是这样？唯有遇见对的人，生命才会散发出独有的光彩。

穿在你身上的衣服，是否最适合你？陪在你身边的人，是否最契合你的心意？

在孤儿院长大的香奈儿，渐渐出落得秀美而高挑。她那修长的脖颈和稍尖的下巴，更是赋予她一种别样的高贵气质。

聪慧如她，知晓唯有靠自己才能改变命运，而暖意涌动的爱情，则会给予她改变命运的勇气与底气。因而，在遇见自以为合适的人时，她总会姿态优雅地走到对方面前，目光中满是坚定与笃信。

有一日，她在酒吧唱歌时，一位年轻的军官热切地望着她。他的眼神中，没有挑逗，不含轻佻，只有静默的欣赏。寻觅着爱情的她，敏锐地觉察到了他的热忱。

如若换作别的女孩，定然会矜持地站在原地，等待对方捧着大把玫瑰与诚挚之心前来求爱。而香奈儿深知，矜持背后定

遇见你之后，都是好时光
yu jian ni zhi hou
dou shi hao shi guang

042

然有着无法预知的错过，而错过的或许正是最适合自己的。她不允许自己的人生有任何缺憾，哪怕自己的固执会带来满身伤痕，甚至是周遭人的不解与非议。

因而，她唱完歌之后，勇敢地迎着这位军官的目光走过去。

爱情并不会等你有空才来，所以你要主动地去寻求，去追索，也要懂得去迎接，去回应。

有人曾说，爱不是我们要去的方向，而是我们出发的地方。

因爱起程，不管去哪里，生活都不至于太过萧索与单调。

香奈儿跌进了军官的爱潮中，并随他走进了他的社交圈。在那个有着优雅谈吐、华丽服饰的上流社会中，香奈儿游刃有余地行走其中。她从未因自己的出身而在那些名媛贵族中自卑，反而因有着军官的宠爱，更觉得拥有整个世界。

然而，这个军官对于香奈儿前卫的时尚理念并不认同，当贵族名媛戴着插满羽毛、边缘缀满各种饰品的帽子参加聚会时，她则突发奇想将插满羽毛的帽子拔得只剩一根羽毛。

他在舞会中明显感受到了众人的冷落，于是任由香奈儿寂寞地坐在角落。

此时，香奈儿明白，他始终活在别人的眼光里，而不具备为爱情奋不顾身的魄力。当初，她是那样毫不犹豫地走向他，如今知晓他的心已不在她处，她心中定然是会掠过一丝忧伤与失望的。只是，她并未有过丝毫悔意，毕竟她收获过爱，感受过他给予的暖意。

更为幸运的是，她并没有失去为爱主动出击的勇气。

在那次聚会中，正当香奈儿独自一人坐在角落时，一位先生朝她走来，并极为绅士地邀请她跳舞。舞毕，他附在她耳边轻声夸她的帽子好看。

她抬起眼看他，将他的容貌一点点记在心里。

一切都将重新拉开序幕。爱情之水，在相信它的人心中，永远不会干涸。

与上次一样，她不会站在原地等待对方缓缓走来，她决心迎上去，以便早一点与爱情相遇。

于是，她打听到了他叫亚瑟·卡伯，是来自英国贵族家庭的真正名流，彼时正在法国经营煤矿。就这样，她租了一辆马车去追寻卡伯。两天两夜的追赶，数百里的路程，她终于站在了他的面前。尽管那时，她早已灰头土脸，再无半分优雅之态，她仍是满心欢喜。

在惊讶与感动之余，他倾听了她的过往，以及她袒露无遗的爱意。

他们相爱了，一如她所希望的那样。

遇见你之后，都是好时光
yu jian ni zhi hou
dou shi hao shi guang

044

在这段爱情中，香奈儿自始至终是感激自己的。如若当初自己故作矜持，他们定然会错过。

每个人都希望邂逅一段可以长久的爱情，但并不是每个人都有勇气迈出脚步，迎着爱的方向奋力奔跑。

香奈儿的勇敢点燃了他们的爱情，在日后的时光中，他们的爱始终未曾降温。生性浪漫体贴的卡伯总会以精巧别致的礼物，打动沐浴在幸福中的香奈儿。香奈儿则以这些小礼物为蓝本，将自己的时尚事业做得风生水起。

或许，太过完满的爱情，总要留有永恒的缺憾，以此来让人永生铭记。

在一个圣诞夜，卡伯因想要给香奈儿一个惊喜，而从远方匆匆归来时，在车祸中离世。去世之时，他手中还握着为她买的红珍珠。

自此之后，她有过多次恋爱，每一次恋爱都全情投入，却终身未嫁。

她是这样说的："你可以穿不起香奈儿，你也可以没有多少衣服供选择，但永远别忘记一件最重要的衣服，这件衣服叫自我。卡伯让我明白我可以按照自己的方式生活，按照自己的意愿经营事业，按照自己的欲求选择爱人，这是卡伯给予我最好的礼物。"

我更相信，是她的勇气，让卡伯得以有机会送给她最好的礼物。

只要有爱就有伤痛

那天下班晚了，便打车回去。车窗外灯火迷醉，司机有一搭没一搭地跟我说话。

电台里放着老歌，林忆莲和李宗盛缱绻缠绵地唱着：

为何你不懂，只要有爱就有伤痛。有一天你会知道，人生没有我并不会不同。人生已经太匆匆，我好害怕泪眼蒙眬。忘了我就没有痛，将往事留在风中。

这首歌如今听来，仿佛仍可见他们对唱时深情的眉眼。

才子佳人的相遇，注定要擦出些花火，只是爱情对于每个人都平等，只要敢爱，就得心甘情愿承受得而复失的伤痛。

如今，已经很少听到林忆莲的消息。唯有听到曾经烂熟于心的歌曲时，才忽然想起她那双细小迷人的眼睛，以及她那华丽中又带着伤感的嗓音。

当初，她是那样奋不顾身地爱着，甚至连周遭的非议与不

遇见你之后，都是好时光
yu jian ni zhi hou
dou shi hao shi guang

046

满都置若罔闻。当李宗盛用细腻而感性的旋律看穿她内心的伤痕时，她就毫无防备地跌入了他的围城中。

因他懂得她，所以为她量身定做的曲子是那样肝肠寸断；因她爱慕他，因而她能将他写出的曲子唱得荡气回肠。

只是，彼时的李宗盛已是有家室之人，林忆莲的出现多少带有第三者的嫌隙。这份在当初看来不合时宜的爱情，终究带了些许不光彩的成分。然而，爱情并非理智所能遏止，迟到的人或许正是最适合自己的人。

我在三月份曾跑到上海去看李宗盛的演唱会，渐渐老去的李宗盛在聚光灯下一曲接一曲地唱，那些不能提不敢提的往事，渐渐浮出水面。

整场演唱会看下来，总觉得他不在状态。《爱情有什么道理》《漂洋过海来看你》《问》，以及《领悟》，仿佛是在喃喃自语，又好似在对某个人诉说着什么。

歌声落下去时，他拿起话筒说："我并不喜欢上海。我在上海失去人生好大一块。"

那时，整个场中鸦雀无声。

这是他与林忆莲生活过的地方，如今徒留回忆。

村上春树在《国境以南太阳以西》中说道："我那时还不

懂，不懂自己可能迟早要伤害一个人，给她以无法愈合的重创。在某种情况下，一个人的存在本身就要伤害另一个人。"

　　他为了追寻更好的爱情，离开前妻，这是一种伤害。他与另一个女子牵手，却未能与之相守至老，这又是一种伤害。

　　这些都是属于爱情的伤害，是各自在寻找的旅程中注定要承受的爱的代价。

　　"我们的爱若是错误，愿你我没有白白受苦。Sandy⋯⋯祝你幸福，找到你要的，你认为值得的。我与忆莲小姐已在友好的气氛下结束了婚姻的关系。以上是我对这件事最终与唯一的声明。"

　　李宗盛将这份冰冷的分手声明写得如此婉转，就像在创作一首歌一样。而林忆莲则在同一天说道："今天北京刮了一整天怪风，雨亦下得很凶。无尽的灰扬扬自得，人的心情自然也没有好到哪里⋯⋯迎接各自的未来，似乎也不那么遥远⋯⋯就让生命多添一种颜色吧。"

　　多少人对此唏嘘不已，但或许这就是最恰当的安排吧。最爱的，终究是要带着些许疼痛，放在天边惦念一辈子的。

　　自此之后，他们淡出了彼此的世界，却未曾淡出彼此的记忆。

遇见你之后，都是好时光
yu jian ni zhi hou
dou shi hao shi guang

048

许多年后，当我在深夜的出租车里再次听到他们合唱的那首《当爱已成往事》时，那段红尘往事就像抛入湖中的石子，哗然而起，荡起一层层波纹。

不禁想到，当年李宗盛在写下这首歌时，是否曾意识到，这即是他与林忆莲的爱情结局。

如若可以选择，想必他们还是愿意这样轰轰烈烈爱着。即便最终这是一场伤痛，他们也都默默承担着。就像林忆莲所唱的那样："爱过就不要说后悔，毕竟我们曾经走过这一回。"

回到家中，已是深夜。我蜷缩在床上，像往常一样点开微信朋友圈。即便知晓其中无非是经过美化的旅行照片，偶尔才品尝一次的美食，以及情侣们直播的爱情密语。在这个浮华的时代，晒幸福的大有人在，纵然有人晒出了自己的悲伤，也是带着自怨自艾的成分。

然而，在那些纷杂的朋友消息中，有一条格外引人注意。不是旅行照片，不是令人垂涎的美食，也不是秀恩爱或是晒忧伤，而是对已经失去的爱情的回忆。

"忽然听到一首我们都曾喜欢的歌。歌还是那样动听，愿你也还未失去爱的勇气。伤痛已淡，回忆仍存。"

看完不禁哑然。发这条消息的人，是我大学时隔壁宿舍的同学。当时，她与那个每天在宿舍楼下等她的人，是最令人艳美的一对。大三时，他们决定一起考研，并选了同一所学校。在自习室中，他们做着朝彼此梦想努力的同桌。

只是，成绩下来后，她顺利被录取，而他以一分之差被拒之门外。

毕业之初，他们尚能在各自的城市里，让思念成为一天之中必修的功课。渐渐地，他们开始有了争吵和误解。海明威曾写道："相爱的人不该争吵。因为他们只有两人，与他们作对的是整个世界。他们一旦发生隔膜，世界就会将其征服。"因而，当他们之间产生裂痕时，那些带着疼痛的风便伺机闯进来。

最终，他们放下了让他们无比珍视的感情。

知道他们分手的消息后，我们更加体会到爱情里的变幻，甚至对爱心生惧怕与抵触。然而，它的无常正是它的魅力所在；它的疼痛，更成了我们铭记的理由。

值得庆幸的是，在那一段带伤的感情中，他们都成了更好的自己。

小萝莉终会长大

或许，你也曾和我一样，深夜无眠，只为追那部大叔爱上小萝莉的苦情戏《绅士的品格》。当你看到年过四十眼角满是

遇见你之后，都是好时光
yu jian ni zhi hou
dou shi hao shi guang

050

细碎鱼尾纹的大叔，仍笃信爱情，为了求得心爱女子的原谅，甘愿在寒风中彻夜等待时，你定然也捧出了一把眼泪。

你也一定在某个午后，忽然想重温一部老去的经典电影。在几经寻找之后，你想起很久之前朋友向你推荐的《这个杀手不太冷》，便不假思索地看起来。两个小时的时间，影片落下帷幕，你久久地回想小萝莉马蒂尔德和大叔莱昂之间，以生命为代价的爱情。大叔深情如许，为了保护小萝莉而死去。最终，小萝莉又变回了一个人，但她再也不会感到孤独。她将那盆绿色的植物种在了土中，将大叔留在了心中。

如若不出意外，看完之后，你应该也是泪湿衣襟，妆容已非。

在银幕之上，这些大叔有着君王般的气场，也有着一颗纯净无染的少男心。他们鬓角有浅霜，心底却仍赠你涉世未深的万千宠爱。如此，小萝莉又怎能抵挡如此魅力，只因年龄差距，便拒他们于千里之外？

然而，当银幕嫁接到现实中时，却时常未能结出甘甜的果子。

罗伊·克里夫特在《爱》中写道："我爱你，因为你穿越我心灵的狂野，如同阳光穿越水晶般容易：我的傻气，我的弱点，在你的目光里几乎不存在；而我心里最美丽的地方，却被你的光芒照得通亮。别人都不曾费心走得那么远，别人都觉得寻找太麻烦，所以没人发现过我的美丽，所以没人到过这里。"

在错综复杂的生活中打拼多年的大叔，有着太过精准的洞察力，而刚过花季的小萝莉犹如春阳下的泡沫，斑斓而无城府。因而，他是那样轻易就看穿她的心思，寥寥几句言谈，便让她心悦诚服。他不用费心走得很远，因她的心早已准备向他敞开。

他从不送俗气的玫瑰，而是送一束滴着轻灵水珠的幽兰，说是恰好配她的气质。瞬间，她觉得眼前这个有着老去容颜的男子懂得了她。两两相对时，他说年轻真好。而她看着他眼角的沧桑，觉得其内饱含着健朗的气场。

她一脸的青涩，终究是要在这场忘年之恋中陶醉下去。

小萝莉在大叔的臂弯中，总觉得是安全的。即便世界一片腥风血雨，她仍可毫发无损。

时光如水淌过，她渐渐长大。在他面前撒娇惯了，有一天，她不知怎的，忽然使着性子埋怨他为何还不娶她。他一时无言，沉默着点燃手边那支烟。

烟雾缭绕中，她好似明白了些什么。

原来，从头到尾都是她一个人在歇斯底里地爱着。当她在

遇见你之后，都是好时光
yu jian ni zhi hou
dou shi hao shi guang

052

意乱情迷之际说出几生几世的傻话时，他总是笑而不语，巧妙地不应允，也不推却。她当时将他的微笑，当作一种默许。如今看来，这倒像是一种并不明朗的躲避。

原来，他心里有两重门。他的温文尔雅，他的潇洒倜傥，他的俊朗温情，都整整齐齐地放在第一重门内，让她尽情观赏着，任她执迷不悟地迷恋着。她置身其中，热烈地享受着，暗自窃喜，以为占据着他整颗心。

然而，当她看清世间的虚伪之后，她才知身旁的大叔不过是梦。在梦境中，她只是在第一重门之内游荡。至于内心更深处，他明确标示着：闲人免进。是的，对他而言，那里是军事禁地，那里藏着不可言说的过往，藏着身经百战的杀戮历程，除了自己，他不允许任何人以任何身份进入。即便是眼前这个不经人事的小萝莉，也不曾有这样的权利。

得知真相的小萝莉终于明白，气度不凡的大叔，只适合慰藉驱赶不走的寂寞。当虚伪与善变的面具被撕下之后，他也就失去了魅力与光环。

不可否认，在烟雨之中，她茫然失措，无论回头还是向前张望，都无法望见可以为自己掌灯的人。而他适时出现，犹如一件可以避风避雨的斗篷。她像是抓到救命稻草一样，毫不犹豫地躲进斗篷之中。

甚至于天晴之后，她都不愿脱下那件斗篷，觉得那是她此生以来最美丽的衣裳。

一开始，他将她当作要征服的对象，以睿智，以浪漫，以倜傥，将她完美收服于自己囊中。可是，当她越靠越近，越来越认真时，他却玩起捉迷藏的游戏，一边躲藏，一边撤退。

最终，她自己揭开蒙在眼睛上的那条纱布，四顾无人，才知晓他早已将自己逐出他的领地。静下心来，她猛然看清，那些自以为恋爱的日子，倒像是一场盛大的暧昧。它只束缚住了当真的人，却给了置身事外之人一个欢度佳期的港湾。

内心不设防的萝莉，终究要输给内心上着一重锁的大叔。

在疼痛与不舍中挣扎过后，长大的萝莉，终于决心斩断情丝。

日子不再如从前那样过得风生水起，但在平静如深潭的生活中，她反倒摸到了自己的脉搏。无论是风雨来临还是晴空万里，无论是滚滚尘埃遮蔽了翠叶还是细碎春风摇曳着青枝，她都以树的形象静默着伫立在那里，不再卑微，也不会倨傲，只是等待着一切开花结果。

岁月渐渐在她身上烙下印记，她终于不再是那个着急寻爱的小萝莉。然而，她身边仍不乏萝莉爱上大叔的苦情戏。

她心里想着，劝说总是无用的，青春时的无助与彷徨，终

遇见你之后，都是好时光
yu jian ni zhi hou
dou shi hao shi guang

054

究是要亲自经历过，才可在反复纠缠中开出不会衰落的花。

你我仍会像从前那样，窝在沙发里，抱着一桶爆米花，一边流泪，一边看韩国泡沫剧。但看过之后，擦干眼泪便乖乖睡去。

剧中那个卖萌的老男人，只存在于梦中。而梦境与现实，往往无法完美嫁接。所以，你我都不再迷恋披着温文尔雅外衣的老男人，而只是默默寻找一个真实的，肯让我们住进心窝的男人。

魔鬼留下的伤痕，是天使的指纹

两个人一前一后走出咖啡厅，服务员将他们坐过的那两把椅子推进桌子下面，将稍稍留着残渍的咖啡杯收走。那里仿佛不曾有人来过。

再滚烫的咖啡，如若没有人喝，也会在杯中渐渐冷却。再炽热的感情，如若不合时宜，终究要在某个时刻化为虚无。

有人曾说，感情最让人无奈的地方，在于它的不理智，不能发于当发，止于当止。

而它之所以不受理智控制，或许不仅仅因了爱，更是因了不甘心。

那些未曾得到回应的，或是没有善终的感情，总是在幻想与遗憾中，逐渐被美化。正如阿纳托尔·法朗士所说："爱自己已经拥有的东西，是不合乎习惯的。"错过的与未得到的，并非最登对，那不过是我们自己所制造的一场凄美苦恋，是渐渐膨胀却无法得到满足的欲望。

又是一年秋凉时。

记得一年前，我独自去往南京。深秋时节的栖霞山，比平日里更多出几分韵味，萧瑟中带着令人惊艳的斑斓。婉曲的路径之上，铺满泛黄的落叶。檐角飞起的亭子，掩映在丛林之中，只露出几片灰色的屋瓦。隔几条小径，就会发现一处水潭，水质说不上清澈见底，倒也能看到游鱼的影子。

我拿着相机，不爱照人，偏爱照景。尤其是离枝的落叶，在构图中更能带给我启示与感动。

行人很少，三三两两地走着。相机的咔嚓声，相继传来。在这些闲游的人中，我注意到有一个女子，二十七八岁的样子，从没有举起过相机。在旅途之中，不爱拍照，只是看景的人，我是极少碰见的，心想这应该是一个有故事的人吧。

大致傍晚时，行人都陆陆续续下山。我坐在后面皆是林木的小亭子中歇息。片刻之后，那个女子也坐下来。许久的沉默

遇见你之后，都是好时光
yu jian ni zhi hou
dou shi hao shi guang

056

之后，我终于抑制不住内心的好奇，问她，为何不拍照。

对于陌生人，有人会心生恐惧，也有人则因陌生而心安。熟悉的人，常常轻易戳中死穴，而陌生之人则很难刺穿防备重重的心房。况且因以后不再有任何联系，他们反倒更容易倾吐内心封锁的情愫。

就是因了我这个陌生人的身份，她是那样迫不及待而毫无保留地讲述了她的故事。

她爱上了一个有家室的男人，住着他郊外的房子，用着他慷慨给予的资财，却从未得到过分毫的安全感。他不止一次地告诉她，他不会放弃当时外表看来极为完美的家庭，但也是如此爱她，以至于永远不会亏待她。

爱情的空间，说大也大，大到两个人加起来，就是整个世界；说小也小，小得容纳不下第三个人。

一个男人，总是想合理利用空间，巧妙地安置两个女人。然而，每个女人都愿意自己是这场情感中的唯一。

三毛曾说："如果你给我的，和你给别人的是一样的，那我就不要了。"可是，更多的人，并非选择不要，而是倾尽全力去占取所有。每个人都说这即是真爱，其实，这不过是一场以不甘心为由的争夺。而争夺的结果，无非是两败俱伤，而后疲于爱。

最初，她奋不顾身地跌进他的宠爱中，在沉醉之际慌忙做出对方即是自己此生伴侣的判断。然而，两年的纠缠，终究让她筋疲力尽。对方越来越淡于安抚她的焦躁，而她在清楚地意识到自己无法获得他的所有权时，终于决定退出。

即便是赤道能留住雪花，眼泪能融掉细沙，那些注定争夺不来的爱情，到最后总会留下一具痛苦的空壳。

安德拉德说："过去于事无补，就像一块破布。"千言万语已经说尽，纠缠情缘已经斩断，唯有将此前放置在他处的爱挪移到自己身上，才是跳出围墙的唯一出路。

于是，她将那些不切实际的幻想，从心房中央挪移至难以被自己察觉的角落。腾出的空间，只是承载那些美好的事物。

赫尔曼·黑塞在《堤契诺之歌》中写道："我的心已不再是春天，我的心已是夏天。我比当年更优雅，更内敛，更深刻，更洗练，也更心存感激。我孤独，但不为寂寞所苦，我别无所求。我的眼光满足于所见事物，我学会了看世界变美了。"

从前，她或是跟随他出入高档西餐厅，拿着刀叉汤匙吃些好看却极寒的凉性食物，或是一个人去快餐店，守着一包薯条品尝落寞的滋味。如今，她愿意在午后花三个小时，用文火慢炖一锅汤暖胃。从前，她终日窝在家里，依附他而活。如今，

遇见你之后，都是好时光
yu jian ni zhi hou
dou shi hao shi guang

058

她拾起自己大学时的广告专业，应聘到一家外企，在勤奋与努力中，得到了上司给予的认同与赞美。

心境变了，整个世界就变了。

她开始相信，真正爱自己的人，正快马加鞭远道赶来。

走出栖霞山时，天色已转浓。街灯逐渐亮起，我按下快门，留下了镶嵌于她周身的暖色的光。

挥手再见时，我们都默契地不问对方的姓名，也没有留下任何联系方式。与其说，她是在向我倾诉自己的故事，倒不如说她是在向自己诉说。说出来之后，一切便都如雾般散了。而我，在倾听之中，则收获了此次旅行中最美的风景。

坐车回酒店的路上，我看到人与景一幕幕倒退。不知为何，我仿佛看到了《隐婚男女》那部电影中，刘若英饰演的曼迪坐车离开的镜头。

为了能随时展开工作，她招收的助理必须是男性、未婚。而已经结婚的男主角为了得到这份工作对自己的婚姻状况有所隐瞒。在越来越多的相处中，她逐渐对他生出超出上下级范围的情愫。而在情不自禁地与他拥吻时，她从他突然响起的手机中得知他有妻子。

第二日，她换回从前惯梳的发型，与他道别。

车外，是他越来越小的身影，以及那些温暖的回忆。

她知道自己是爱的，但也只能到此为止了。再前进一步，即是万劫不复的深渊。

离开，是她给他的最后的爱，也是最好的选择。

影片中并没有说她去了哪里。当片尾曲响起之时，我则自行为她安排了最好的结局。我想，她在将公司转交给别人打理后，定然不再是那个严厉刻薄的女老板，而是在旅行中，渐渐将心晒于阳光之下。

那些留在心中的伤痕，其实都是天使按下的指纹，以此作为日后幸福的凭证。

那些曾经受伤与流泪的日子，也都成了生命里最温柔的灌溉。

幸福会敲第二次门

珍妮特·温特森在《守望灯塔》中写道："没有什么会被忘掉，也没有什么会失去。宇宙自身是一个广大无边的记忆系统。如果你回头看，你就会发现这世界在不断地开始。"

一切都会有终结。你曾看到生命路途中那些艳丽桃花灼灼盛开过，你也曾看到那些绽放的桃花是怎样在黄昏零落如雨。

遇见你之后，都是好时光
yu jian ni zhi hou
dou shi hao shi guang

060

所以，你不必劳神忘记这些寂寥的场景，时间自会帮你打点一切。当然，你也不必用力地记住那些耀眼的时刻，因幸福不会如此吝啬，它只是比你走得快，你所做的就是扔掉多余的记忆包袱，加快脚步，再次赶上它。

在书店的旧书区偶然看到了黄碧云的《媚行者》，不禁想起自己初读这本书时，大概十七岁的样子。那时正上高中，这些与考试无关的书自然是不被允许看的，我只得趁着周六自习的时间偷偷翻看。由于读得匆忙，且老师不时在教室里转一遭，再加上故事情节的发展与我的意愿相差愈来愈远，我看到一多半时，便丢下了这本书。

我在人流较少的位置上坐下来，决定读完十年前未曾看到的结局。

赵眉和张迟是同学，因互生情愫，未能抑制住内心的冲动，有过两次深情的拥抱。但拥抱之后，并未发生任何故事。之后，两人毕业，在十字路口选择了各自必然要走的方向。生活平静安然，像是彼此从未出现过一样。

然而，他们深知，他们定会再次相遇。事实也是如此，再次相遇之后赵眉已是一名警察，张迟已是飞行中尉。在一个飓风骤起的季节，他们服从上级命令，将救援飞机开进暴风眼。在暴风来临之时，张迟几乎是不动声色地推了赵眉一把，将她留在了这个世上。

十七岁时，应该是看到了这里。那时，我把自己想象成赵眉，体味着她心底的痛楚与绝望，觉得幸福再也不会叩响门扉。

对于一切事物，我们总是太过执着，也太过苛刻。

看见花以全盛之姿绽放，便屡屡生出要挽留它，使其定格的念头，结果从来只能得到浓稠得散不开的遗憾。

又何必倾尽全力去求一个无法实现的结局呢？花谢了，还会在下一个斜风拂柳的春日盛开的。

在永远失去张迟的最初时刻，赵眉悲观、消沉、颓废、绝望。她在自己心中修筑了一道密不透风的墙，别人进不去，她也出不来。

读到此时，我不禁想起迈克尔·翁达杰在《遥望》中所说："世界上肯定有和我们一样的人，安娜说，为爱所伤——那似乎是最自然而然的事情。"是的。你我都曾为爱哭泣过，但并不意味着爱即是永无止境的伤害。眼泪的浸泡与冲洗，皆是为了让我们收获更好的爱。

故事的结尾写道："在忘怀之中，才能获得自由。"赵眉最终选择推倒心中那堵墙，那一刻，阳光无限温柔，就像天空未曾阴沉过一样。

遇见你之后，都是好时光
yu jian ni zhi hou
dou shi hao shi guang

062

在我看来，得到的幸福感与释怀的轻松感，是可以相媲美的。

得到时心中无限欢喜，只是某物的拥有权并不永远从属于某人。当你无法再拥有时，即便心中再不舍，也要放它走，因为唯有这般，你的心中才有足够的空间容纳更好的事物。

最大的爱，是温柔地原谅，心存感激地放生。

在怨怒中挽留，在含泪中死守，实则是对彼此的折磨。从不记恨的人，才有资格再次拥有，及时清除内心碎片的人，才有更大的空间享受甜蜜与自由。

在历经伤害之后，我也曾执拗地站在原地，企图以自我堕落来获得对方的怜悯，使他回心转意。然而，他早已走远，从未听到过我的呼喊，也未看到过我的眼泪，反倒是我将自己的生活弄得狼狈不堪。

独自远行之后，看到外面世界的广阔与壮美，我才明白并不是我不配再次得到幸福，而是我还未在原谅中释放心结，重拾爱的勇气。

也正是领悟到这些后，我不再盲目等待灯火阑珊中，我怕如此下去只赚到了年龄，而等不来幸福。于是，我开始打开门扉，让阳光照进来，用心经营自己。如此，对的人从门前经过时，才不至于因那扇紧闭的门，而匆匆走过。

在受伤之后，能勇敢放下的女人最美，那种美撼天动地，没有什么事物可以与之相媲美。

幸福仍会敲第二次门，只要你洒扫庭除，放下心中执念，清除固守的遗憾，随时准备待客。

咖啡在左，奶茶在右

闲来无事的周末，你与闺密悠闲地穿梭于商场里。夕阳西沉，夜色将临，你们提着大包小包，都感觉有些疲惫。于是，你们走入一家有着落地玻璃窗的饮品店，想要喝些东西，歇息片刻再回家。

把买来的东西堆放在脚下，闺密拿出钱包问你想要咖啡，还是要奶茶。

你觉得两者都是不错的，咖啡苦中是深邃的醇香，奶茶细腻中满是归宿般的心安柔和。它们当中，一个热烈醇厚，一个暖意涌动。闺密已经决定要一杯摩卡咖啡，而你始终拿不定主意。最终，闺密问你，那要不要来一杯意式草莓冰粥。

听到意式草莓冰粥时，你纠结的心顷刻间轻松起来。对的，你其实不想要咖啡，也不想要奶茶。在没有更好的选择之

遇见你之后，都是好时光
yu jian ni zhi hou
dou shi hao shi guang

064

前，你只能在二者之中左右摇摆。然而，一旦出现击中你心房的饮品，你便会毫不犹豫地点头示意：就要它。

当你还需要做选择的时候，你已经违背了自己的心意，而只是在寻求一个折中的方法。

记得去年，有两个男人同时追朋友小怡。一个是做得一手好菜的经济适用男张刚，一个是会手捧鲜花等她下班的浪漫男李铭。小怡在上班的空隙，或是夸赞张刚做的川味酸菜鱼让人垂涎欲滴，或是夸赞李铭从骨子里散发的浪漫让人可以回到清纯的十八岁。

两人势均力敌，对她的追求同样猛烈。时日渐长，她的心仍未找到归属，时而觉得经济适用男更靠谱，时而觉得浪漫男会使沉闷的生活更有情调。尚未做出选择，她已觉得疲惫不堪，固执地认为失去任何一方，都是一种无法挽回的错过。

甚至有一次，她竟让我们几个要好的同事投票，谁票数多就牵起谁的手。我们也就做游戏般以投票的方式替她做出了选择。然而，当她看到那个结果时，仍是满脸纠结的神情。

有一次，小怡下班后约我去公司附近那家烤鱼店坐坐。我笑着打趣她，浪漫男不用送鲜花吗？

她瞪了我一眼，便挎上我的胳膊，与我一起走出公司。

我们选了一个较为安静的角落。她端起那杯尚冒着热气的玫瑰花茶，悠然啜饮一口，仿如暂时从选择旋涡中脱身，甚是轻松地告诉我说，张刚回老家参加发小的婚礼了，李铭去贵州出差了。

我置身事外，对于一切看得很清。夹起一块鱼，再细心地将刺一根根挑出，当美味在唇齿间回旋时，我有些严肃地对她说，其实大可不必费尽心力与时间做选择。

小怡听完不禁有些发愣，以茫然的眼神向我寻求答案。

假如你自始至终在做选择，那么他们两人中的任何一个，你都不爱。我说得干脆利落。

朱德庸用夸张的漫画，说道："不用想你未来情人是什么样子，因为她永远在你意料之外。"

所以，不必再双手托腮，眼望群星闪烁的夜空，纠结于选择哪个人做自己的伴侣。

只因，你最爱的人，永远在你的想象之外，且尚未出现在你的视野中。

前些年，我单身时，也曾为做出选择苦恼过。不知该选择温柔体贴的路人甲，还是该选择强势霸气的路人乙。许久之

遇见你之后，都是好时光
yu jian ni zhi hou
dou shi hao shi guang

066

后，当我在一次偶然的机会中认识现今的男友时，便觉心终于找到了归属。

不能说路人甲与路人乙不好，只能说他们没有触动令你心动的那根弦。

如若说人生是一部高清电影，选择的那段时光好似在不停地快进，唯有遇见自己真命天子的那一刻，才觉镜头缓慢而清晰。

那次与我吃完烤鱼后，小怡委婉而果断地回绝了张刚与李铭。自此之后，她再也没有吃过张刚做的川味酸菜鱼，也没有收到过李铭送的玫瑰花。

如若真与他们错过，那只能说明他们本来就行走在与自己相反的方向上。

与其花时间做那些不喜欢的选择题，倒不如安静下来，遵循心的指引，朝着更为幽深的方向一步步走下去。

既然无法准备爱情，那就只能准备自己。想必这也是两情相悦的爱情中，我们所能努力的最大部分。因而，在风雨交加的晚上，朋友都被自己的丈夫接走，而她只得撑着一把伞，瑟缩着挤上地铁；朋友与情人在西餐厅优雅地吃着牛排，而她在厨房中系着围裙做一顿晚餐；朋友在恋人的臂弯中做着绮丽美梦，而她抱着自己渐渐睡熟。

一年的时间，她再也不是我们眼中那个时常穿着宽松T恤、照相爱摆剪刀手的小怡。她开始买时尚而不浮夸的衣服，气质沉静优雅，却无做作之感。

这期间，她羡慕过别人，也有过在追求她的男子中，随便选一个合脾气的做恋人的想法。但她明白，这些在自己身边周旋的人都不属于自己，因为自己要等更好的人出现。

在爱的人未出现时，先爱自己。当他出现时，便把爱与被爱凝结成更为动容的爱。小怡秉持着这样的爱情哲学，又回馈了上苍一点等待的耐心，因而上苍终为她安排了一场契合彼此心魂的相遇。

上个周日我与男友逛商场时，偶然碰见了小怡。她正挎着一个男子的胳臂，与他一起悠闲地行走于琳琅满目的格子铺中，脸上有着幸福的光彩。

看得出，她身旁这个男子，并非她通过比较千辛万苦选出来的，而是从越来越多的接触中打心里认定的。

小怡大方地向我们介绍他，上扬的嘴角里溢满发自肺腑的笑。

未曾打动你心扉的人与物，不必徒劳地选择，因日后你终会将其舍弃。

咖啡在左，奶茶在右，如若不是你心仪的味道，何不耐心

遇见你之后，都是好时光
yu jian ni zhi hou
dou shi hao shi guang

068

地等一下？说不定，下一个转弯，你就会遇见那杯属于你的意式草莓冰粥。

爱的尽头，还是爱

有些事情，总要隔一段时间，才能显示出其本有的意义。

就像放在书架上的那本书，年少时粗略地看过，并不知其中所蕴含的深意。随着年岁的增长、阅历的丰盈，再抽出那本书，用一个深夜读完后，才真切地体会到其中交错着的情愫。

格雷厄姆·格林所著的《恋情的终结》便是这样一本书。

记得初中读完后，只觉得书内每个人的爱都自私了一点，与其说深深爱着别人，倒不如说深深爱着自己。于是，翻到最后一页，我便将其放回书架上，任其在接下来的岁月里落满灰尘，并不打算再重新读它。

前段时间闲来无事，走进离家不远的那家小书店，看到《恋情的终结》安静地躺在书架上。腰封上写着诺曼·谢里给予这本书的评价："本世纪最伟大的文学恋情。"忽然之间，我生出要再次拾起它、走进它的念想。

一个周末的时间，在喝水、吃饭、睡觉、看书中度过。

从这本书中，我好像认识了一个新的格雷厄姆·格林。

"A story has no beginning or end……"

一个故事没有开始，亦不曾终结。

本书就这样拉开帷幕。当然，这不仅仅是书中的故事，亦是作者格雷厄姆·格林的故事。扉页上赫然而温柔地写着"献给C"，这个"C"是书内的萨拉，也是作者深爱的情人。

王小波在写给李银河的信中有这样的动人语句："只希望你和我好，互不猜忌，也互不称誉，安如平日，你和我说话像对自己说话一样，我和你说话也像对自己说话一样。"然而，这全然坦诚、灵魂相契的爱情，又有几多幸运之人能遇到。更多的时候，我们在彼此的猜忌与被猜忌之中舍弃原本所拥有的爱情，而执意去追寻另一段终要失去的爱情。

小说家莫里斯·本德里克斯因创作需要，偶然结识了公务员亨利·迈尔斯的妻子萨拉。此时，萨拉恰在这段如死水般的婚姻里险些窒息，遇见莫里斯犹如在深渊里瞥见曙光一般。因而，两人在被法西斯的炮火轰炸的伦敦，开始了一段天雷勾动地火般的恋情。

太过深刻而不合时宜的爱情，注定要以痛彻入骨的方式承受。

在一次空袭中险些丧命的莫里斯，清醒过后，便要面对萨拉义无反顾离他而去的结局。爱得最深时，往往是将尽时。即

遇见你之后，都是好时光
yu jian ni zhi hou
dou shi hao shi guang

070

便拼尽力气欲要力挽狂澜，也难以挽留那些点滴寻常之爱。

　　离开时，萨拉说道："你不用如此害怕，爱不会终结，不会只是因为我们彼此不见面……"

　　然而，并不是每个人都能承受得起不相守只相思的爱情。

　　张爱玲在《倾城之恋》中写道："我想去看你那边的月光。"我在此地，你在彼处，两两相望，不相见。虽有思念为桥，但爱情到底是被阻隔了。于是，在远隔天涯的日子里，莫里斯始终在痛楚与愤恨之中挣扎、纠缠。无奈之中，他竟决定雇私家侦探跟随萨拉，以找出她离开自己的真相。

　　说穿了，爱情不过是池中之水。最初之时，它毫无杂质，只有全心全意的爱。渐渐地，它开始有了沉渣，希望彼此永生相爱，永远相守。随着沉渣的沉淀与堆积，爱情之水掺进了嫉妒、猜疑与愤怒，最终变得浑浊不堪。

　　凡事一旦有了伤口，即便日后会痊愈，会覆盖上疤痕，当初的伤害也不会消失。

　　或许，沉浸在爱情深渊的每个人，都是善妒的。因不能时时与所爱之人厮守，人们便开始妒忌对方给陌生人留下的微笑，妒忌她留在咖啡杯上的口红，甚至妒忌她腿上那条诱人的丝袜。

　　因爱而生嫉妒，因嫉妒而胡乱猜疑，因猜疑而生嫌隙。原来，打败爱情的并非是恨，而是太过偏执的爱情本身。

每当私家侦探向莫里斯报告萨拉的消息后，他都为萨拉亲近的所有事物发狂。越是想要将一切紧紧攥在手中，越是发觉无能为力。于是，他在善妒的恶性循环中，挥霍着爱恨交加的日子。

终于有一天，私家侦探告诉他，萨拉之所以离开，是因为身患绝症。

佩索阿在《不安之书》中写道："秋天尚未来临，已在我们心中开始。每一个秋天，都与我们的人生之秋更近了一步。"

其实，让我们离人生之秋更近一步的，与萧瑟的秋日无关，只是因为几件对我们而言极为关键的事情。

当莫里斯明白萨拉并非不爱他时，他心中积存沉淀的嫉妒，便刹那间被清除了。

在《傲慢与偏见》中，伊丽莎白在摒弃傲慢与偏见之后，终于望见了爱的曙光，接受了外表倨傲、内心热忱的达西。莫里斯又何尝不是这样？从善妒的泥潭中挣扎而出后，他又嗅到了爱情的味道，不再怨，也不再恨，而是默然接受眼前的一切。

如若故事至此戛然而止，这本书则无异于一部令人垂泪的琼瑶剧。但是，格雷厄姆·格林总是有办法改变人们心中的预

遇见你之后，都是好时光
yu jian ni zhi hou
dou shi hao shi guang

072

期，使故事朝着意想不到的方向铺展延伸。

萨拉的丈夫无意中知晓她与莫里斯的恋情后，非但未勃然大怒，反而宽厚地邀请莫里斯前来同住。

在相处中，莫里斯彻底明白萨拉离开的真相：萨拉与上帝做了一次交易，以自己与他的爱情为代价，换取在空袭中受伤的他的生命。然而，许诺实践起来时，总比想象中更为艰难。当莫里斯再次出现时，未曾完全熄灭的旧情，又开始依附星星之火，迅速燃烧起来。

所幸的是，他们再也没有越矩。

最终，莫里斯和萨拉的丈夫一起，陪着萨拉走完了人生最后的历程。

不得不说，书中讲述的这个故事，滑稽而荒诞。但这正是格雷厄姆·格林生活中的真实片段。

书中的莫里斯感情充沛，执拗，偏执，在爱与恨、生与死的纠缠中徘徊游荡。现实中的格雷厄姆·格林也曾是爱情围城内的一头困斗兽，横冲直撞，既想于其中获得绝世之爱，又想跳跃而出，看看外面的世界。

历经种种是非与磨难之后，他终在爱的旋涡中，重新体悟到爱之深意，获得与莫里斯同样的结局。

恋情终结了，爱仍旧延续着。

爱到生命的尽头，不是曾经有过的嫉妒、猜疑、愤怒。爱的尽头，仍是爱。

再见，旧情人

深夜，我接到闺密小悦的电话。电话里，传来《卡萨布兰卡》的主题曲《As time goes by》。

慵懒地蜷缩在沙发里昏昏欲睡的我，不禁猛然清醒过来。我问她："你在哪里？"

她告诉我，她在达瑞克咖啡馆。

我有些恍然，用了许久的时间才反应过来，她真的在那个曾经因拍摄《卡萨布兰卡》而红极一时的达瑞克咖啡馆。

"一个人吗？"

"嗯，一个人。"

阿兰·德波顿在《爱情笔记》里写道："我生活在怀旧之中，不停地回顾与她共度的时光。我的眼睛从未真正睁开过，只是向后，向记忆深处回眸。"

记得影片开始时，旁白说道："等待，等待……"在卡萨布兰卡机场附近的那家豪华咖啡馆里，来往于世界各地的人络

遇见你之后，都是好时光
yu jian ni zhi hou
dou shi hao shi guang

074

绎不绝，乐师坐在钢琴前，边弹边唱。咖啡馆的主人瑞克，始终在等记忆中的一个人，等她出现，将真实的自己寻找回来。

影片情节缓缓推进，他的梦中情人又像多年前那样，走进这家咖啡馆，要求乐师弹了那首《As time goes by》。他们相认并重拾往日时光。

结尾处，我以为他会和她一起坐上飞机，远离这片硝烟弥漫的土地，而他只是将护照让给了她和她的丈夫。

飞机起飞之前，他与她深情拥抱。这一次，他主动挥别她，静静看着飞机在高空中只如红豆般大小。

片尾曲响起时，他们都在纠缠的爱中获得了自由。

那几天，小悦不断给我发来独自游行的照片。漂亮的棕榈大道，逆光中有些迷蒙的航标塔，阿拉伯式的旧街市Medina，哈桑二世清真寺，大西洋翻涌的海浪。

她并没有在照片中出现，但我能感受到镜头之外的她，定是挂着释然之后的灿烂笑容。

当初和她一起看这部影片，并约好和她一起去卡萨布兰卡旅行的人，早已从她的生活中抽离出去，而她却固执地记着他的好与坏，清楚地知道他手中的痣在哪里。

舍不掉，也得不到，像是一场缠绵的梅雨，不会猛然将你淋透，却一点一滴地凿进你的心里。你在日渐潮湿的烟雾中，

心中升起挥之不去的无望，觉得夏天永不会过去，秋天尚且遥遥无期。

旁人劝不过是做些无用功，你心中的那朵云彩飘不走，雨就会一直下。

这趟卡萨布兰卡之游，对小悦而言，是结束，也是开始。

她回来后，送给我一条颇具当地特色的披肩，蔚蓝的颜色，像是绵延不绝的海岸，让人心生向往。

她一边给我看自己录制的视频，一边告诉我，在他离开之后，她曾在深夜无眠时，无数次看那部影片。每当看到瑞克与爱人拥吻之后，目送飞机起飞时，她都能将眼睛哭肿。

最后一次在国内看那部影片时，她与往日一样哭得筋疲力尽，所不同的是，她忽然生出为何不自己一个人去实现两个人曾有的约定的想法。或许实现了，自己也就解脱了。

就这样，她起程了。毫无征兆，却从未迟疑。

飞机起飞时，她透过玻璃窗努力向下看去。朦胧之中，她仿佛看到过去那个卑微执拗的自己，正像瑞克那样，深情看着自己，并与自己告别。

那一刻，她在万米高空肆无忌惮地流泪。

梅雨在纠缠许久之后，终于停了。天晴了，秋天就这样来了。

遇见你之后，都是好时光
yu jian ni zhi hou
dou shi hao shi guang

076

　　奶茶刘若英在结婚之后，发行了《亲爱的路人》单曲。

　　仍然是暖色调的声音，像是一杯可以捧在手心的奶茶，只是当初那份忧郁与悲伤不见了踪影，取而代之的是与岁月和解后的淡然。

　　她曾是那样用力地爱过一个从未曾得到的人，曾是那样不顾自己形象与众人的眼光，在台上哭着求歌迷替她请求对方的一个拥抱，却久久得不到回应。

　　走过那段荒芜的岁月，她终究懂得了舍弃的艺术。所以，当看到她穿着半身裙，站在聚光灯下挂着淡淡的笑容，唱那首《成全》时，台下的观众都知道，她已经挥别了昨日，决定重新开始。

　　纪伯伦说："记忆是相会的一种形式，遗忘是自由的一种形式。"如今一切尘埃落定，脑中记忆也得以刷新。在这一段踏实的婚姻里，她看起来幸福而温暖。

　　正如她唱的那样，洒脱，是必要的执着。

　　水如若懂得沉淀，便会清澈无比。心如若明白取舍，便会通透至极。

　　是的，我承认我曾为你燃烧过，可是我不要永远以灰烬的姿态生活下去。

　　我或许不会忘记你，甚至还会祝福你，但我已决定跳脱那

些回忆，在灰烬中重新生出一对翅膀。

　　最爱普希金那首《我曾爱过你》：

　　我曾经默默无语地，

　　毫无指望地爱过你，

　　我既忍受着羞怯，

　　又忍受着嫉妒的折磨；

　　我曾经那样真诚，

　　那样温柔地爱过你，

　　但愿上帝保佑你，

　　另一个人也会像我爱你一样。

　　再见，旧情人，我不会再打扰你。

　　爱情，在我心里仍未消亡，日后我仍会为它痴狂。只是，

它已不属于你。

像蜗牛一样，
笨拙而缓慢地爱下去

千万个美丽的未来，难抵一个暖意涌动的现在。
慢热的人，不急着追赶岁月，而是懂得慢下来咀嚼爱。

从云的南方寄出的信

提及大理，总是让人忍不住想起《天龙八部》中深情款款的段誉，想到那散着温润气息的山茶花。

爱做梦的人，在喧嚣的都市中待得厌烦时，总会借着机会逃也似的去往远方获得片刻的喘息。

北岛在《青灯》中写道："一个人的行走范围，就是他的世界。"因而，如若不使我们的世界如同北京的四合院那般大小，我们一再走出公司与家之间两点一线的生活，去别处寻找渐渐枯萎的诗意。

途中的风景倒是其次，关键在于我们希冀在路上捡拾到些什么。

裴多菲曾说："你爱的是春天，我爱的是秋季。秋季正和我相似，春天却像你。你红红的脸，是春天的玫瑰，我疲倦的眼光，是秋天太阳的光辉。假如我向前一步，再跨一步向前，那时，我就站到了冬日寒冷的门边。可是，我假如后退一步，你又跳一步向前，我们就一同住在美丽的、热烈的夏天。"

世间并不存在两个完全相同的人，即便再心有灵犀的人，也有着这样那样的差异。你是繁花开遍的春季，我是落叶纷飞的秋季，我们不属于同一个季节。可是，这并非你我不相往来的理由，只要你愿意向前一步，而我后退一步，我们便可紧密相拥。

爱情存在时，我们即便隔着很远的距离，也能轻易住进对方心里。但当一方的心逐渐冷淡，先前那些本就存在的隔阂则愈加明显，丝毫不存任何调和的余地。

当这般情状出现在小雨和男友田翔之间时，小雨在多日的失眠之后，终决定暂时离开所在的都市，去看看许久之前便想去的大理。

林忆莲与李宗盛唱的《当爱已成往事》，深情而伤情。

我对你仍有爱意，我对自己无能为力。

即便抵达大理那片沉静温和的土地，小雨仍是心潮起伏。

院落的大树下，几个老人在静谧的时光里守着一盘好似永远下不完的棋；门口的老阿婆，坐在板凳上戴着老花镜挑拣刚刚采摘的蕨类菜；青石板路上的小女孩，玩着丢手绢的游戏。这一切贴合自然的人事，仿佛都不属于心事重重的小雨。

心有死结，要么将这根绳索干脆利落地剪断，要么寻到结

遇见你之后，都是好时光
yu jian ni zhi hou
dou shi hao shi guang

082

之根源，将其解开。

在彼此相爱的岁月里，他们都曾将对方当作最后一人来爱惜，将相守的每一天当作最后一日来对待。即便世事无常，两人走至陌路，爱不存在了，回忆终究是遗留着的。若要彻底剪断与过往的联系，对小雨而言，终究是太过苛刻了。

因而，漫无目的地游荡之后，小雨回到客栈，决定用自己的方式，解开心中那个自己无法释怀的结。

连上无线，小雨申请了另外一个微信号，并以陌生人的身份，成功加上了田翔。

因为太过了解他的脾性与爱好，小雨轻而易举便博得了他的信任。

她在暗处，而他在明处。她从你来我往的言语中，一点点了解到他从未对她说出过的婉曲心思。许是聊得太过投机，他就那样毫无违和感地被她引领着，将往事的症结一点点铺展开来，任由她在隐蔽之处将一切了然于心。

隔着遥远的空间，小雨终于明白，他之所以对她愈来愈冷淡，只因在长时间的相处中，他慢慢发现两人在任何方面都存在着差异。当小雨以陌生人的身份试图劝说他时，他则坦言，差异无法调和，容忍太过劳累。

看着他发过来的这行行文字，小雨极为应景地想起王菲的歌："可能在我左右，你才追求，孤独的自由。"

爱着的时候，自己为他做一件极小的事情，他都感动得想要流泪。渐渐地，即便自己给他整个世界，他也觉得这是种负累。

一个人对另一个人由热切变得冷淡，哪里有什么理由。说到底，不过是不再爱罢了。

太多的人无法释怀，只因未曾知晓真相。一旦得知，心中那个结，也就自动松开了。

已是深夜，正当小雨打算结束这次谈话时，他忽然说，自己有种相见恨晚之感，可否试着交往。

她不禁愣在原地。

原来，他的爱是如此轻浮。不知对方的身份，却说出喜欢。未曾相见，却觉得对方正是自己所中意的。不曾深交，却认为彼此之间毫无差异。

月光渗进窗子，铺满她有些苍白的脸。

她哑然失笑。果断拒绝虚无网络中的他，然后悄然退出微信。

一切都结束了。

她起身走到洗手间，冲了一个热水澡，继而盖上轻柔的毛毯，在铺满月光的床上，沉沉睡去。

遇见你之后，都是好时光
yu jian ni zhi hou
dou shi hao shi guang

084

清晨醒来时，屋中已满是阳光，屋后传来叽叽喳喳的鸟群声。睡饱之后，世界似乎也变得明朗起来。

当张爱玲知晓胡兰成另有他爱时，犹豫许久，低到尘埃里的她终决定要和他分手。至今，读到那封诀别信时，仍觉得那一次的坚硬，依旧带着恰到好处的柔软。

她这样写道："我已经不喜欢你了。你是早已经不喜欢我的了。这次的决心，是我经过一年半的长时间考虑的。你不要来寻我，即或写信来，我亦是不看的了。"且随信附了三十万元钱。

小雨想起这一片段之后，便拿来背包中放着的纸和笔，开始写信。

在信中，她回忆了两人初遇时的羞赧、相爱时的默契、吵架时的退让、和好如初后的欣慰，接下来便是比争吵更让人心慌的冷淡与疏离。

在离他最远的地方，与他交谈过后，反而更能看清他的心。因而，在信笺中，她如张爱玲那般决绝而温和地提出了分手的要求。日后，彼此再无牵系。

三页纸，字迹密密麻麻。折上放进信封之后，她忽觉这封信不该寄给他，而该寄给自己。在一日日的冷淡中，他早已做出分手的决定。于是，她又展开那封信，在其后添上日后的生活计划，以及与自己的约定。

玛格丽特·米切尔在《飘》中写道："所有随风而逝的都是属于昨天的，所有历经风雨留下来的才是面向未来的。"

挽留不住的爱，就让它随风飞走吧。好在路还很长，你还年轻，那个愿意退一步与你住在同一个季节的人，正在快马加鞭赶来。

白米粥里包裹着温暖

所有的情侣都希望有个美好的结局，然而多半皆只有美好的开始。

只因，越来越深入地走进爱情隧道之后，我们想得越来越复杂，却忽略了爱情越简单越纯净，也就越持久。

白米粥虽然看起来最为普通，却是最难熬煮的。它需要最为纯正的大米，需要恰到好处的火候，需要站在锅台边的耐性，需要精心沉淀出精华。最终，米和水完美地交融在一起，看似清淡如水，却有一种来自大地的香醇。

同事小辰和赵冬刚刚结婚时，赵冬总爱喝小辰熬煮的白米粥。他白日里常常忙于和客户应酬，凉性的食物、烈性的白酒往往使得他的胃翻江倒海般搅动，难受异常。

深夜时分，赵冬拖着疲惫的身躯跟跄着推门而入，小辰便

遇见你之后，都是好时光
yu jian ni zhi hou
dou shi hao shi guang

086

扔下早已按遍的电视遥控器，转身走入厨房，打开锅，为他盛上一碗冒着热气的白米粥。

小辰在结婚之前，被我们称为女神。长得仙姿玉色不说，工作业绩也同样出彩。若仅仅如此，恐怕她也难担得起"女神"这一称号。如若说我们是踩在大地上的凡尘俗女，想必她则是端坐云端，拿着水晶仙棒的精灵。午餐她自带碗筷，以食素为主，见不着零星肉末和辣椒。包里常备着一方熨烫得极为平整的蚕丝手绢，以擦拭耳鬓沁出的汗珠。

就是这般灵魂有香气的女子，爱上了一个令之神魂颠倒的男子。自此之后，她便从十指不沾阳春水的女神，变成了甘愿在油腻的厨房煮出一锅糯软醇香的白米粥的女子。

最初之时，他们皆感激命运将对方赐予自己。她从缥缈的云端走入踏实的烟火人间，从妙曼的单身女郎走进婚姻的殿堂，每一步皆是心甘情愿。公司里的每一个人都能看出她的改变，但我们依旧尊称她为女神，只是如今的女神，更有俗世人情味，更深得众人心。

看着浓淡皆宜的白米粥，他的味蕾在深夜被唤醒。拿起汤匙，轻轻搅拌，就着那碟咸菜，不紧不慢地喝完。餐馆里的白米粥，要么寡淡无味，要么甜得腻人，而小辰煮的粥，仿如让他闻晓田野中阳光的味道，那是一种来自米粒深处的甘甜醇香，而不是依靠调味佐料来获取的。

喝完白米粥，他那因饮酒过多而翻搅的肠胃，感到格外舒适熨帖。看着丈夫满足的神情，小辰觉得婚姻并非像周遭人说的那般，是一座城墙坚固的围城。她只用一碗清淡有余，香味尚存的白米粥，便在自己的婚姻城堡中，如鱼得水般自由行走。脚步保留着以往的优雅，如今因得了一人心，又有了满满的自信。

我们追寻简单，却常常走入复杂的误区。

在悠长的岁月中，总会有不知名的事物闯入我们的生活，使得我们忙乱、错愕、惊慌，直至不知所措。犹如我们乘舟渡到对岸，本是风平浪静的晴朗日子，忽来了一阵风暴，如若我们撑得过这段焦灼的时光，则会在对岸赏到落英缤纷的光景；如若有一人放弃，则会落得困于汪洋的终局。

朱德庸曾说："到底女人该多爱男人一点，还是该多爱自己一点？这永远是个问题。"

小辰对赵冬百依百顺，独自守着一锅白米粥和一部热闹的电视剧等他回来。长此以往，她或是永远暖着他的胃，占着他的心；或是对方渐渐习惯这种好，以至于忘记她的存在。

男人的爱尚且存在时，女人温顺也好，任性也好，甚至是耍赖也好，他都觉得那是一种可爱。一旦不爱了，从前的可爱

遇见你之后，都是好时光
yu jian ni zhi hou
dou shi hao shi guang

088

也就变成了可恨。

　　他渐渐忽略了她，也忽略了那一碗熬煮许久的白米粥。说到底，他自始至终都更爱自己。

　　男人或许也不懂自己，他深知自始至终都该爱自己的女人，但他们总是在凡尘里更爱别的女人多一些。

　　不过一年多的时间，赵冬回来得越来越晚。每当小辰捧上那碗热腾腾的白米粥时，他已经在沙发上睡着，身上散发着若有若无的香水味道。

　　两年之后，他携起另一个时而沉静似水、时而热烈似骄阳的女人的手，赐予小辰一张离婚证，以及满心无法消解的悲伤。在那一刻她终相信，恋爱及刚刚结婚时，眼前人及心中情皆如一杯奶茶，香味弥散。只是，余下的日子，如若有一人不懂得经营，便不可避免成了留着奶茶残渣的玻璃杯，易碎。

　　他与新欢的生活格外滋润，周末开车外出旅行，不用应酬的日子便在影院或咖啡馆消磨时光。只是，新欢从不会像小辰那样为他煮粥，当他胃中如翻涌的波涛来回搅动时，她也只能从抽屉中拿出治胃疼的药，扔到他面前。

　　他无可奈何，只得自己忍着翻江倒海般的胃疼，淘米，放水，再放到煤气灶上熬煮。半个小时之后，他揭开锅盖，却发现上层是水，底下沉淀着未曾熬得开花的米。他失望至极，但还是盛了一碗，喝到口中时，只是尝到了白水的清淡味。

他终究再喝不到米水融合、醇香弥散的粥了。

世间所有的事物，总是失去一次，才突显出它应有的价值。

当胃疼难忍，新欢无动于衷时，他才分外想念那碗粥，以及等他回家的那个人。只是，他再低下头去，想要寻得她给予的温暖，而她已经明白，温暖只该给懂得珍惜的人。

如今，小辰下班之后早早回家。在砂锅中放一勺大米，再倒入多出米好几倍的水，接着拧开煤气灶，用文火慢慢熬煮。期间，她拿一本书，躺在沙发上，静静翻看。大概两个小时后，米粒全都熬开了花，香味弥散了整个房间。

她还是相信爱的，只是她更相信在未等到对的人之前，要先爱自己，如此才不至于辜负那段无人疼爱的时光。

她边搅边喝，胃被粥的热度与香味充满了，心也就不那么冷清了。

愿你朝着太阳生长

米兰·昆德拉在《生命中不能承受之轻》为托马斯和女友杜莉萨安排了这样的结局：

托马斯不再像以前那般放荡不羁，以天涯为家，而是甘愿

遇见你之后，都是好时光
yu jian ni zhi hou
dou shi hao shi guang

090

为杜莉萨放弃所有。在一家旅馆酒吧里，他安然而平淡，静静看着女友和一个陌生的男人跳着欢快的舞步。

因他深知，与广袤无垠的世界、邈远无涯的时间相比，人们的力量实在是微不足道。生命可轻可重，彼此的关系亦可轻可重。与对方相逢已属不易，他愿意敞开心扉，去拥抱这一段快乐、无拘束的爱情。

在这个结局中，他平静地接受着一切，也甘愿付出一切，只求为女友插上翅膀，让她朝着太阳自由生长。

这是文字勾勒出的爱情蓝图。

不嫉妒，不自卑，足够坚强，没有危机之感。

只是，书中文字转化成电影画面时，结局稍稍有了变化：

托马斯看着自己的女友与陌生男人舞得那样尽兴，心中醋坛无可抑制地倾倒，酸楚渐渐泛上来。杜莉萨舞罢而归，只一眼便窥到了他心中隐隐作祟的心思，于是她牵起他的手，满怀暖意，又有些取笑地对他说道："你在妒忌，你在妒忌……"

托马斯脸上现出一丝惊惶，又浮上一丝困意，连连否认并急忙解释，他从来不会嫉妒。

在被看穿的那一刻，他那无力的解释实则是一种逞强的掩饰。掩饰自己害怕女友被抢走的慌张，掩饰害怕自己不是她的唯一。

那时，他不禁被一种无法掌控的虚无感冲垮，既然随便一个陌生男子都能逗她开心，那么，自己存在的意义是什么？

每个人都有软肋，在自己喜欢的人面前都显得稍稍卑微，因而我们时刻想要确认自己是否对恋人拥有唯一占有权。

如若敏感的嗅觉察觉出某种即刻到来或正在发生的危机，我们便会在不安、慌忙，甚至愤怒，或悄无声息或大张旗鼓地改变与对方和平的相处方式。本想试图挽回将要失去的爱情，却往往适得其反。

深沉之爱，该是温柔而心甘情愿地给予彼此温暖、呵护，让对方有枝可栖，无惧风雨。只是，这份全心全意的爱，也要以全然的占有为前提。

我无法确认，电影中的托马斯与杜莉萨确立恋人关系后，在漫漫余生中，是否会在一次又一次因害怕失去而产生的嫉妒中，在时时刻刻确认自己是独一无二中，最终失去杜莉萨。

很久之后，当我再温习这部影片时，脑中不经意间便浮现本以为早已忘记的场景。也就是在那一刻，我终于明白，患得患失的爱情多半只有一个结局：相背而行，渐渐远离。

当下幸福的人，很少去回忆当初。即便当初再欢愉，也早已成了日后痛楚的根源。

遇见你之后，都是好时光
yu jian ni zhi hou
dou shi hao shi guang

092

然而，一部老电影、一首老情歌，却像一部时光机，神奇地串起了当年街道的光影，在空气中撒入熟悉的味道，在阳光里泼染温和的色泽，然而我便看见了那个曾让我心动，又与我擦肩而过的你。

是的。在遇到你之前，我以为我很大方，秉持着如若两人相爱，便会尊重对方的生活方式，不干涉对方交友的原则。只是，在与你确立恋爱关系后，我几经努力，却无论如何也无法做到。

爱情是浪漫，但关系是实实在在的。当你无意中说起某个女性朋友很漂亮，或是在街上与以前的女同事偶遇，便走进咖啡馆共叙从前共事的时光时，我总是怀疑你与她们之间存在超越友情的暧昧关系。

最初，我的反应无非是沉默，将不满与忧惧埋在心底，将失去的疼痛植进噩梦中。时日渐长，我开始怀疑你对我的情意，翻看你的各种信息，追踪你的行迹，甚至对你逼供。

爱情本就脆弱易碎，如何经得起刻意的折磨。疲惫产生时，爱情也便开始消失。

最终，我们各自走回人山人海中，做了最熟悉的陌生人。在丢失彼此的那一刻，曾经那些纷乱如麻、纠缠交织的事情，忽变得历历分明。

我嫉妒，无非是因为我在乎，以及我底气不足。

我是你的爱人，但不该成为你的全部。

素黑曾说："男女关系要大方，才有长远和自在的可能。"

虽难以做到，但这恐怕是唯一能使爱情以细水长流的方式，稳妥地走向终局。

一个人的力量，不足以抵挡遥远路途的艰难险阻。于是，我们选择与另一个人结伴而行，如此既消解了路上的寂寥，也驱走了人间的寒意。

在途中，我们并肩站在一起眺望这个世界，而不是在彼此建筑的围城中，为了全然属于对方，便含泪折断美丽的双翼。

如今，我心中的疤痕已经修复，伤口也已愈合，身边也有了一位可与我眺望广阔世界的男子。日益成熟的我们，学会了走出看似安全实则困顿的情感四合院，而将生活的空间延伸至看似危机重重实则刚柔兼具的天地。

我们也有过嫉妒、猜疑、束缚，但从不过度。一切的给予与付出，皆是源于爱与被爱，愿彼此像田野中那棵大树，恣意生长，最大限度地吸收阳光。

半夜被噩梦惊醒，正惶惶然不知所措，忽然发现一双厚重的手从背后牢牢抱着自己。瞬时间，一颗怦怦跳动的心落回胸

遇见你之后，都是好时光
yu jian ni zhi hou
dou shi hao shi guang

094

腔，于是，自己又在浓郁如墨的夜色中闭上眼睛，安心地睡到天亮。

这是我的幸福密码，想必也是你的。

慢下来，把日子过成诗

20世纪80年代，美国汉学家比尔·波特在阅读了中国隐士的诗作之后，对这般孤清简素的生活产生极大的兴趣，便决定到终南山寻找隐居的隐士。

几年之中，他跋涉了太白山、五台山、观音山、秦岭山脉等，找到诸多隐居在深山老林中的隐士。与这些隐士有简单的交往之后，他不禁深深感叹道："他们是我见过的最幸福、最和善的人。"之后，他将这段传奇般的经历写成了一本书，名为《空谷幽兰》。

世界如此喧嚣，如若没有足够的定力，内心也慌张至极。所以，我们步履匆促，终日忙碌，随着热闹的人群涌入浪潮起伏的大道上，却不知与它毗邻的婉曲小径上正开放着你最爱的兰花。所以，我们从不会静下心来读一本纸质书，不会在群鸟回巢的傍晚散散步，更不会在黄叶纷飞的窗前给远方的朋友写一封问候的信笺。

隐士为何只守着一片深林，就觉内心盛放着整个世界，而我们极力走遍每一个角落，仍觉未曾抓住世界的衣袂？

　　只因，我们心存恐惧，走得太过匆忙，以至于忘记了用心去感受。

　　记得两年前，我坐在电影院里，准备好一抽纸巾，等待看3D版的《泰坦尼克号》。不承想，整场看下来，电影院里非但没有一丝抽泣声，反而在某些出糗尴尬的情节处爆发出阵阵响亮的笑声，我准备的纸巾也没有派上用场。

　　许是20世纪那种"You jump，I jump"式的生死相依的爱情，因离我们太过遥远而失真。有多少人走进电影院，不是为了重温银幕上那种永恒的爱恋，而是要去看看杰克为露丝作画时的场景，当颓然发现它已被删去时，心中不禁升起无限怅惘之感。

　　之所以那场电影看起来像是一部灾难片，而不是一部生死相契的爱情片，想必是因我们在或忙碌或纷杂的生活中，在或浮躁或盲从的行为方式里，迷失了自己。

　　克里希那穆提曾说："你可曾一个人出去散步过？坐在一棵树下，不带书，没有伴侣，完全自己一个人，然后去观察落叶，听水波轻拍岸边的声音，听渔夫的歌声，观看鸟儿飞翔，以及你自己此起彼落在大脑中追逐的思绪。如果你能够独处并且观察这些事，你就会发现惊人的丰富内涵。"

遇见你之后，都是好时光
yu jian ni zhi hou
dou shi hao shi guang

096

　　然而，通常的情况是，我们时常向外张望，极少向内审视。

　　我们急切地需要些许东西来填充空白的生活，好让我们看起来没有虚度人生。只是，我们不曾明白的是，我们始终在与喧嚣人群一起朝着错误的方向奔跑。所以，我们潜意识中认为，在这个一切以"快"为衡量标准的世界里，以生命为代价的爱情是根本不会发生的事情。

　　尽管，我们是那样渴望自己的生活中出现这样一个人，与之相依为命。

　　和朋友一起逛街，和她聊起最近很火的《爸爸去哪儿》。她问我最喜欢哪一对，我毫不犹豫脱口而出：黄磊。

　　在娱乐圈中，少有绯闻且又夫妻恩爱的明星，极为难得，黄磊算得上其中一个。我并未像其他追星族那样，喜欢一个人就要知晓他的生日、星座、身世，甚至情史。我只是凭印象觉得黄磊是一个慢性子的人，至少我所知的他饰演的角色，都保持着缓慢而浪漫的生活节奏。

　　《似水年华》中饰演的文，一生守着一个静极了的乌镇；《人间四月天》中饰演的徐志摩，在笔墨文字中粉饰心中的爱情世界；《暗恋桃花源》中饰演的江滨柳，在日渐斑驳的岁月里，缅怀着青春时光里那个爱之入骨的人。

　　每一个角色，我觉得他都是在诠释他自己：相信爱仍是穿透黑暗隧道的阳光，慢一点才能走得更稳更坚定。

如今，他在四十多岁的年纪，有两个可爱的女儿，一个漂亮的妻子，有一份真正喜欢的事业，懂得慢下来将日子过成一首诗，想必这就是美好生活真正的含义。

你害怕老去吗？

怕。所以，我要用尽全力奔跑。

可是，全力奔跑时，你如何能顾得上散乱的头发，如何顾得上翻飞的裙角？

走着，也能抵达目的地，且能饱尝途中景致。如此老去，也就不是那样令人害怕的事情。正如塔莎·杜朵所言："老了，不一定要成为家人的负担，只要懂得创造生活的乐趣……你有充足的时间可以浪费在更多美好的事物上。你会发现，原来生活也可以这么过。"

美国绘本作家塔莎·杜朵，年老之时在佛蒙特州的深山建造了一栋乡间别墅，于其中绘图为生，赤脚在田间劳动，动手裁剪老式的碎花长裙，出版素净简朴的菜谱，直至生命终结。

有谁会说老去的塔莎·杜朵变丑了？她诗意自在的生活方式，赋予了岁月优雅的特质。

马尔克斯在《霍乱时期的爱情》中写道："任何年龄段的女人，都有她在那个年龄阶段所呈现出来的无法复刻的美。她因年

遇见你之后，都是好时光
yu jian ni zhi hou
dou shi hao shi guang

098

龄而减速的，又因性格而弥补回来，更因勤劳赢得了更多。"

我想，这段话放在塔莎·杜朵身上再合适不过。

以诗意之心面对这个混沌的世间，即便置身于大雪纷飞的寒冬，心中也觉是春暖花开。

每当我觉察到自己迷失在生活中时，我总会暂时停下来，尝试做一些让自己缓慢下来的事情，或听一首轻音乐，或做一顿简单的晚餐，或写一些抚慰心灵的文字，或做一次短途旅行。

或许，这样我会落于众人之后，但我更能看清夜空中那枚在云中行走的月亮，以及洒满月光的心。

脱下高跟鞋，和他一起行走烟火人间

你拿着一叠文件，披着一头波浪卷，踩着十厘米的高跟鞋，自如地穿梭在办公室里。

利落、干脆、威严，又风情十足。

给下属分配任务时，三言两语，简明扼要。在公司聚餐时，几杯白酒下肚，仍是面不改色。

在所有人眼中，你似乎永远都这样精力充沛，永远都这样精神焕发。

只是，当你走出人们的视线，走进自己家门的那一刻，你第一时间踢掉高跟鞋，光着脚踉跄地将自己扔进沙发中。那精致得不露任何破绽的妆容，在你松弛下来时，便泄露了你的疲惫。白天说了太多夹杂着英文单词的话，只剩自己一人时，甚至连电视都懒得开。

你觉得一个人的生活，也可以过得风生水起。早起跑步，周末做SPA，进修英语，独自远行。可是，在这光鲜的背后，你还是在不曾预料到的时刻，猛地被寂寞击中。

王尔德说："只有浅薄的人了解自己。"而你，太过要强，以至于从不曾感觉到快乐。至于爱情，你更是绝口不提，仿佛已因那一长串的从前，因那一场场的烟花寂灭，而有了永久的免疫力。

纵然你身边并不乏优秀的男子，但你依然和他们保持着刚刚好的距离。这其中有一个并不突出的男子，时常引起你的注意，甚至几次进入你的梦中。他的言行举止，不轻浮，不炫耀，透着一股温暖与贴心。这正是你所需要和缺少的。但你站在此岸，而他被迫处于彼岸，中间隔着茫茫水泽，以及你心中那一扇紧闭的门扉。

对于幸福，你既期待着，又害怕着，觉得它一走近，便要永久地消逝。与其要承受那失去的痛楚，倒不如不去触碰，这是你固守的原则。

遇见你之后，都是好时光
yu jian ni zhi hou
dou shi hao shi guang

100

那天，你与往日一样，独自在商场里闲逛。

走到一家茶餐厅时，忽然听到从里面传出的歌声。齐豫仿佛是听懂了你的心声似的，诉说一般地轻轻唱着：

脱下疲倦的高跟鞋

赤足踩上地球花园的小台阶

我的梦想不在巴黎、东京或纽约

我和我的孤独约在微凉的

微凉的九月

你提着精美的手提包，在原地站着、听着。低头看看自己脚上穿着的那双红色亮皮尖头高跟鞋，竟不自知地掉下眼泪。

在一首歌的时间中，你那颗流浪的心忽然找到了归属。你也终于想起去年生日时收到的礼物，有芳香袭人的玫瑰花，有璀璨闪耀的项链，有放飞心灵的旅行机票。唯有他在欢闹过后，低调地递给你一个盒子，要你回家之后再打开。

回家之后，在沙发中蜷缩了许久，你才猛然记起那个未曾打开的礼物盒子。

是的，他确如你想象中那样用心。盒子里面是一双样式精致的平底鞋。你赤脚伸进去，在客厅中走了几圈，丝毫不觉疲累。

但是，第二天上班时，你又从鞋柜之中，拿出了一双细跟的高跟鞋，那铿锵的声音，像是一记一记踩在心上。

西蒙·范·布伊有这样的言语："等你到了一定年龄，彼此的过去已经不再重要，那些曾经令你无比在乎的东西，就好像半途而退的潮汐，没有了提及的必要。"

那些郁结于心的疼痛，那些无法放下的执念，终究要随着时间的推进，随着一次次日落，隐入湖中。

你坐在那家播放着齐豫歌曲的茶餐厅里，点了一块芝士糕点，一杯红豆巧克力奶茶。旁边坐着一对对情侣，他们共同分享一个冰激凌、一块甜品。那些女孩儿多半穿着不乏时尚的平底鞋，即便是穿着高跟鞋，也是那种粗跟的，不高过五厘米的。

世界永远一副冷漠的样子，可是如若身旁有一个呵护自己的人，一切便有了希望。路途那样漫长，未来那样遥远，穿着高跟鞋跋涉，注定太过艰辛。如若有一人愿意蹲下来脱掉你的高跟鞋，为你换上平底鞋，只为心疼你的脚酸，让你走得更安稳，你又何必为了保持住自以为是的漂亮，而舍弃这份难得的温暖？

天色渐浓，你心中的愿望却愈来愈清晰。

遇见你之后，都是好时光
yu jian ni zhi hou
dou shi hao shi guang

102

穿过茫茫夜色，走回家中，从柜子中找出他送的那双平底鞋。

世间虽有千般好，但如若幸福叩响门扉时，自己却因害怕它终会离去而含着眼泪，与幸福隔门相望，到底算是对时光的辜负。

第二天，你穿上平底鞋，走出了家门。

在公司里，你一如既往地给大家分配任务，但脸上的那份严厉不见了，取而代之的是柔和与信任。你走得仍是那样迅速，但没有了先前那"噔噔噔"的声音，比过去走得更稳，姿态也更优雅。

你走过他身旁时，向他稍稍微笑。他低头注意到了你穿在脚上的平底鞋，心中升起一股暖意。

在喝咖啡的间隙，你的手机震动了一下。"你穿上这双鞋子很漂亮。"他的短信如此简洁，却被你一字一字记在了心里。

"下班后，一起去你常去的那家面馆吧。"这时，唯有一碗热腾腾的面和一个温暖的人，能抵御你此前的故步自封。你鼓起勇气发出的这则短信，好似一座桥，让他得以从彼岸渡到此岸，与你共看这烟水茫茫。

你以前是迷恋烟花的，觉得刹那间的璀璨，仿佛能永恒照亮黑夜。直到你亲眼看到了它的幻灭，才明白你最需要的是那种细如流水般的温润幸福。不需要太过耀眼，只要自己实实在在体会到就好。

在公司里，你将咖啡换成了奶茶；在宴会上，你将酒类换成了饮料；在一日三餐中，你将快捷的西餐换成了暖胃的中餐。

如今，你的鞋柜里放着一双双平底鞋。脚步稳了，内心也更踏实了。

亲密有间，进退自如

钱锺书在《围城》中写道："爱情多半是不成功的，要么苦于终成眷属的厌倦，要么苦于未能终成眷属的悲哀。"

但凡未得到的，总觉最登对，然而，越过层层藩篱，冲破重重阻碍，两人最终花了九块钱，领到那个红色小本时，是距离彼此最近之际，亦是双方开始渐行渐远之时。

并非因你们不再爱对方，而是你们太过爱，爱得没有节制，爱得没有限度。

越是爱，就越要与对方死死地缠在一起。殊不知，感情生活犹如两个人的舞蹈，两人之间要懂得你进一步，我退一步，时刻掌握好空间与距离、节奏与律感，才能淋漓尽致地呈现一

遇见你之后，都是好时光
yu jian ni zhi hou
dou shi hao shi guang

104

场精彩的舞蹈。如若只是纠缠在一起，则免不了失去感情的共鸣，更别提在这段感情中得到天长地久的永恒。

每一部爱情影片，似乎都遵循着这样一个定律：爱在最深最浓时，影片便到了尾声。浪漫主义的电影拍摄者，怎会将两人共同生活后，感情渐渐如沸腾之水变为温吞之水的镜头搬上银幕。

懂得这个定律的人，即便再爱，也会主动与对方保持一步之遥的距离。这是给对方得以呼吸的空间，也是给自己留一条退路。这样表面看来两人的关系松散了许多，其实他们找到了维系两人感情的奥秘。

爱生来即是追求永恒，这是理所当然。只是，爱情不比亲情与友情，它比我们想象中更脆弱，更易老化。

美国喜剧演员亨尼·杨曼如深知此理，他告诉众人他与妻子感情始终一如当初的秘密："有人问我婚姻长久的奥秘。我们每周都要去两次餐厅，烛光晚餐，轻柔的音乐，随之起舞。她周二去，我周五去。"

守住一份爱情远比得到一份爱情艰难。在漫长得没有尽头的时日中，爱情并非永远以热烈的姿态呈现在我们面前，它需要不断更新，需要新陈代谢，需要彼此各退一步。如此，它才能容光焕发，保持情趣。

林海音曾说："人生就像一块拼图，认识一个人越久越深，这幅图就越完整。但它始终无法看到全部，因为每个人都是一个谜，没必要一定要看透，却总也看不完。"

让所爱之人像谜一样存在，不必费尽心机非要找出谜底，只要在离他不远不近的距离，静静陪伴就好。

曾经两度获得奥斯卡金像奖最佳导演奖的亚洲导演李安，每次获奖之后发表感言时，都不忘感谢始终站在他身后，默默给予他支持的妻子。当他接受采访，被问到最感谢妻子什么时，他这样说道："妻子对我最大的支持，就是她的独立。她给我充足的时间和空间，让我去发挥、去创作。要不是碰到我妻子，我可能没有机会追求电影生涯。"

在李安未成名的蛰伏年代里，妻子林惠嘉负担着家庭的开销，让李安独自在电影中去摸索、去沉淀、去成长。而当他的电影事业渐渐被人认可，将一项项大奖收入囊中时，她仍未放弃自己的工作而成为"跟班夫人"，反倒是将更多的精力投入到自己的工作中，并在下班之后照顾孩子的学习和生活。

如今，看到他们牵手出镜，不经意间相视而笑时，总能深切感到他们的爱情未曾随着岁月生锈与钝化，反而因彼此懂得保持完整的自我，始终有着更为充足的呼吸空间。

遇见你之后，都是好时光
yu jian ni zhi hou
dou shi hao shi guang

106

当热恋中的你读到苏格拉底所说的"最热烈的恋爱，会有最冷漠的结局"时，定会觉得他是在胡言乱语。

可当你因太过爱伴侣而要求时刻与其厮守时，这话倒像成真的寓言似的，让你不得不佩服他先知般的智慧。

其实，他哪里具有预测未来的能力，不过是看透了爱情也需要假期，定期良性出走，才能看到更多的风景。

最好的相处状态，并非两人终日黏在一起。假若真是如此，即便是最热烈的恋爱，也会在互相磨损新鲜感之中，渐渐生出倦怠与疲惫。

双方各退一步，给爱情预留足够的空间，方能拨开层层弥漫的云雾，顺着蜿蜒向前的路，并肩看到更为广阔的世界。

《中国式离婚》中，陈道明饰演的宋建平接受妻子的建议，辞去了公立医院的职务，去了一家外资医院，以求给平凡的家庭生活带来些许改观。宋建平在妻子的支持中，事业步步高升，而妻子却因各种琐事而下岗。

家庭生活就这样不知不觉有了改变。妻子觉得女人比男人老得快，且丈夫日渐受到领导的器重，心中开始生出害怕的情绪。因而，她开始为莫须有的事情而监督丈夫的日常生活，在监督的过程中采取种种不乏极端的措施，甚至有时会蛮横无理地闹到宋建平的医院。

她的初衷是抓紧眼前这个男人，却不知要给他一点空间与自由，甚至将他捆得紧紧的，以至于喘不过气来的宋建平在埋怨的同时，只想从这种沉闷的生活中逃脱出来。最终忍无可忍之时，他终究提出了离婚。

在感情中，她只是一味地进，当丈夫生出分开的念头时，她仍是一如既往地对其发出攻击。只是，丈夫已然对婚姻生活产生厌倦之感，不再待她如初见，她的生活中剩下的也唯有失望与困惑而已。

希望与失望的落差越大，感情越难维持。然而，她自始至终都在做让感情生厌生变的事情。

世间所有的事物，追求时候的兴致，总要比享用时候的兴致浓烈一些。

所以，得到之后，享用之时，要懂得与它保持一定的距离。如此，它才具有永恒的美感。

倾我所有去生活

从此，王子和公主过上了幸福的生活。

多半童话故事都是这样的结局，好像不管此前多么艰难，

遇见你之后，都是好时光
yu jian ni zhi hou
dou shi hao shi guang

108

只要公主和王子牵起手，余生便可享尽幸福。

　　只是，生活向来公平，每个人皆要尝遍酸甜苦辣，即便是嫁给王子的公主，也概莫能外。

　　当得知《摩纳哥王妃》上映后，我几乎是没有丝毫犹豫便买了票。

　　或许对大多数人而言，这实在是一部仅仅在宣传上就能吸人眼球的电影：《玫瑰人生》导演奥利维埃·达昂的执导，地中海之滨以赌场和F1闻名的摩纳哥的美丽景致，银屏内外奥斯卡影后的生活，富丽堂皇的皇室婚姻，以及结婚之后的爱情悲歌……

　　摩纳哥王妃的人生，就好似是童话故事中那般有着令人揪心的起承转合，由默默无闻直至声名沸腾。

　　然而，人们皆以为自此之后，她便可享尽荣华，享尽恩宠，时光就此定格在幸福之中，只因人们并没有看到浮华背后的真相。

　　爱情结束了，生活才刚刚拉开序幕。

　　精彩或是黯然，都由你来掌控。

　　影片开始时，银幕上印着这样的字幕："人生说我的一生是一个童话，因为它确实是一个童话——格蕾丝·凯利。"

是的。她的一生极富传奇性。1955年，她拿到了奥斯卡影后，得以与奥黛丽·赫本、玛丽莲·梦露、伊丽莎白·泰勒等齐名。也正是在事业上最佳的年龄，她突然息影，嫁给了摩纳哥公国的王子，成为风华绝代的摩纳哥王妃。这梦幻般的转换，让格蕾丝·凯利这一代女神成为当年最火热的话题。

作为世界上第二小的国家，摩纳哥公国让人记住的东西想必也只有蒙特卡洛F1赛道。然而，当这个国家迎娶了格蕾丝·凯利后，便瞬间名满世界，女主人也便顺理成章地成了摩纳哥最好的一张名片。

在未看这部影片之时，本以为它会浓墨重彩地描绘贵族的奢侈生活、皇室的辉煌气派、王妃的幸福时光、童话般的美满爱情。然而，随着情节的推进，它越来越偏离我的预想轨道。

格蕾丝·凯利并非自此之后过上了幸福的生活，她戴着王妃的头衔，也要在丈夫、孩子，甚至国家之中周旋。

如若生活璀璨绚烂，则我爱生活本身；如若生活暗淡昏黑，则我只能感激，我是那么完好的自己，可以承担降临在身上的这一切。

最初之时，格蕾丝·凯利嫁入皇室后，过着金丝雀般的日子，犹如躺在了天鹅绒上，安逸而舒心，心中充满对生活的向

遇见你之后，都是好时光
yu jian ni zhi hou
dou shi hao shi guang

110

往与感激。然而，当今天只是昨天的翻版，毫无新意，且因不得插手摩纳哥的政务而渐渐与王子的感情变淡之时，存于她脑海中的离婚念头好似着了春雨一般，以无法抑制的速度快速生长着。

彼时，生活于她而言，不过是深深的讽刺。只是，她并不是毫无退路。当然，选择怎样的路途，便会迎来怎样的人生。无论离开还是留下，她都有能力去承担这一切。

正如村上春树所说："我或许败北，或许迷失自己，或许哪里也抵达不了，或许我已失去一切，任凭怎么挣扎也只能徒呼奈何，或许我只是徒然掬一把废墟灰烬，唯我一人蒙在鼓里，或许这里没有任何人把赌注下在我身上。无所谓。有一点是明确的：至少我有值得等待有值得寻求的东西。"

对格蕾丝·凯利而言，那值得等待，值得追寻的东西，除却爱情，还有自我的存在感。

心碎该是有声音的，只是它的声音小到唯有自己才能听到。

当王妃得知王子对他们的爱情不忠、夜夜欢歌时，她听到了自己心碎的声音，但无论王妃如何痛楚与悲伤，王子也听不到来自她心底的呼唤。

爱得最深时，往往也就是将尽时。他的心门已不向她敞开，他又如何看得到她的心泪。对于此，王妃自是心有怨言，只是大气如她，已在这金碧辉煌的囚笼中，懂得人情冷暖正如花开花谢，是自然界之中一种必然到来的季节。

因而，当希区柯克将为她量身定做的新剧本《艳贼》递到她手中，希望她重新出山时，她怦然心动。恰在此时，摩纳哥又发生了极为严重的外患，与之毗邻的法国步步紧逼，凭借强大的军事实力，封锁了摩纳哥通往法国的通道。

罗伯特·弗罗斯特在《未选择的路》中写道："一片树林里分出两条路，而我选择了人迹更少的一条，从此决定了我一生的道路。"

在取舍之间，在权衡之后，她没有选择那条可以站在聚光灯下享受众人艳羡的道路，而是决定学习去做一个政治人物，去做一个合格的王妃，一个合格的母亲。

于是，她回绝了希区柯克，走向了街头，走向了军队，并邀请欧洲要员参加摩纳哥举办的红十字大会，甚至还邀请了法国的戴高乐总统。在舆论的压力下，法国不得不撤回了军队，并尊重王妃的意愿，不再一味压迫摩纳哥。

格蕾丝·凯利，倾自己所有，挽救了整个王国，找到了自我存在感，也重新建立了自己与王子的爱情。

在岁月的磨损中，她渐渐老了，她不再是那个肌肤光滑、一笑倾城的奥斯卡影后。但是，她仍是美的，这美使她容貌如

遇见你之后，都是好时光
yu jian ni zhi hou
dou shi hao shi guang

112

出水芙蓉，这美使她性情温柔而有力，这美使她敢于承担童话背后的生活。

莎士比亚在《罗密欧与朱丽叶》中写道："名字代表什么？我们所称的玫瑰，换个名字还是一样芳香。"

叫她格蕾丝·凯利也好，叫她摩纳哥王妃也好，她都如盛放在生活土壤里那朵玫瑰一样，馥郁馨香。

我要幸福地坐在你身旁

2003年，梅艳芳在告别演唱会上，穿着她的拍档刘培基为她做的婚纱，登上舞台。掀起如雪洁白的头纱后，她淡淡笑着，问台下观众好不好看。

聚光灯下的她，稍带哀伤，至今看来，仍是美得销魂。只是，她穿着一袭婚纱，身旁却没有一位与她相配的如意男子。她曾无数次梦着、幻想着、等待着一场属于自己的婚礼，直到这些期待都化成遗憾，直到彼此爱过的人都松开她的手。

"漫长路骤觉光阴退减，欢欣总短暂未再返，哪个看透我梦想是平淡。"无须太多悲伤气氛的烘托，梅艳芳轻轻唱出这首《夕阳之歌》时，观众早已泪落如雨。

西尔沃斯坦曾说："我要留下昨晚做的梦，把它保存在冰箱里。很久很久以后的一天，当我变成一个白发老翁，便要取出我冻结的美梦，把它融化，把它烧开，然后我就慢慢坐下，用它来浸泡我一双苍老冰冷的脚。"

以回忆温暖沧桑的岁月，这般安慰自己的方式，原是不错的。然而，当往昔的岁月带着幽怨的气息扑面而来时，想必我们仍会感到些许遗憾。如若当初再努力一下，或许就是不一样的结局。

与其悲伤着去回忆，不如珍惜往昔在一起的时光，以便当下可以幸福地坐在你身旁，伴你走过这苦乐参半的流年，共赏庭院中的落雨与杏花。

告别演唱会结束四十五天之后，梅艳芳病逝。舞台上穿的那一袭婚纱，也被永远地放进了她的人生仓库中，落寞而寂寥。

在她的公祭仪式上，多是叹惋与垂泪者。记者的镜头细心地捕捉到赵文卓所送的花牌，其上深情写道："此生至爱，一路好走。"

至爱，并非放在心里，而是压在心底的那个人。心里的人，可随时更换，来来去去。心底的人，却永远只有一个，不会被岁月的尘埃掩埋，也不会随着时光的流逝而消隐。

许是命运捉弄，至爱的人，往往不是陪在身边的人。她总

遇见你之后，都是好时光
yu jian ni zhi hou
dou shi hao shi guang

114

是陪你走一段路，留下些你永远抹不去的美好回忆，而后在下一个岔路口，与你挥手说再见。

当年，梅艳芳顶着舆论的压力，与比她小十一岁的赵文卓热烈地相爱。然而，香港娱乐圈不比普通市井，一言一行都被人们拿着放大镜来看。是非太多，言论混杂，那段轰轰烈烈的恋情，终究在无法澄清的误会之中破裂。

在访谈中，梅艳芳提及赵文卓时，坦诚说道："如果时光可以倒流的话，我一定会解释导致完美分手的那场误会，一定会挽救完美的感情。如果当年那么做的话，那现在我一定已经是赵文卓的太太了。"

可是，遗憾再多也无法回到当初。知晓了结局，便再也不能更改固有的情节。

我们总是一边渴望着完美的爱情，一边张望着更好的伴侣。于是，在渴望与张望之间，我们忽略了彼时彼刻对方的感受。总以为骑着白马的王子还在前方，其实眼前给予自己点滴温暖的人，才是最合适的人。

是的，眼前人没有骑着白马，也不是你所中意的王子，但他心甘情愿背负着你，带你飞越千山与万水，走到你不曾预料的美丽新世界。

然而，当你预料到这些时，你已急着走上另一条路，把对方远远甩在陌生的街衢。

> 女人花，摇曳在红尘中
> 女人花，随风轻轻摆动
> 只盼望有一双温柔手
> 能抚慰我内心的寂寞

这首《女人花》被很多人翻唱过，我却总觉不如梅艳芳唱得震彻人心。

女人如花，在春日枝头艳丽地开着。不曾枯谢时，总以为春天是唯一的季节，可以肆意绽放自己的美，可以永恒地获得青睐，却不曾预料到，凉风总会吹来，美丽终会褪色。在庭院之中盛放时，曾遇见过许多甘愿为自己停留的人，却因这样那样的缘由，在凋零之际，自己仍是孤身一人，落寞地看着日升月落，看着岁月与镜中容颜一同苍老。

这首为梅艳芳量身定做的曲子，注定要成为她孤寂人生的写照。

帕斯捷尔纳克说道："我们一辈子都是在舞台上，但绝非每个人都有能力自然地扮演他出生以来就被赋予的那个角色。"

梅艳芳只要登上舞台，周身的光芒便淋漓尽致地散发出来。但她最希望演好的角色，是做一个男子的完美伴侣。直到

遇见你之后，都是好时光
yu jian ni zhi hou
dou shi hao shi guang

116

去世，她都未能遂愿。

赵文卓在梅艳芳去世之后，甚为低调，沉默寡言，不曾发表过任何意见，亦未接受任何媒体的采访，而只是在自己网站的留言板上，悄然写下自己的心声："我会去送她，卓。"

想必当赵文卓写下"我会去送她"，以及"此生至爱，一路好走"时，梅艳芳如若有知，定会感到宽慰与欣喜，同时也定会感到遗憾与可惜。

生命如此短暂，犹如走在狭长的街上做了一个短暂的梦，梦境之中一切生意盎然，梦境之外，却将心爱之人越推越远。说好的要幸福地坐在彼此身旁，看这落寞与繁华并存的人间，终究成了一篮筐的赌气话。

错过时机的表演，都是搪塞观众的余兴节目。

空有回忆的爱情，在莞尔一笑之后，也只剩下些叹息与憾意。

因而，趁着自己身影仍在对方的眉眼中闪光，就把自己的手交到对方手上，将自己的心安置于对方心上。

白发苍苍之时，愿这个人仍可陪你笑着回忆年少事，而不是你独自一人在往事中惆怅。

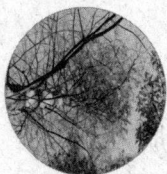

世界这么乱，
还好有你在

你情愿燃烧自己，只因希望为琐碎生活带来些许微光。

我在风起的日子尽情起舞，只因不愿辜负你的深厚情意。

就让我做最爱你的朋友

他英俊而坚毅，谦和而优雅，如同庄严的传教士。他笑容温暖人心，成为无数女子的梦中情人。他的生命中出现过诸多红颜俏丽，却从未传出过一次绯闻。他是格里高利·派克。

她纯净高贵，如碧潭般清澈静逸。她气度非凡，灵魂沾染馥郁香气，像是站于云端的天使，美得不落一丝灰尘。她是奥黛丽·赫本。

他们相遇于《罗马假日》。在渐渐泛黄的影片里，他们骑着摩托车，不受交通规则束囿，恣意地穿梭于大街小巷。在那片星光闪烁的夜空之下，他们在彼此些许慌乱的眼神中，看到早已扎根于心底的爱情，并深情相拥。

在戏剧之内，他们的恋情如大丽花一般开得灼灼耀目，却淋了一场急速而来的大雨，最终零落成泥。

戏剧本就是人生。彼时，派克的婚姻虽几近破裂，却还未走至尽头。尽管二人心中浮动着朦胧爱情的波澜，终究选择任其自然枯萎。

这样也好。远远地看着她就好，如若走得太近，守护便成了禁锢，表达也类似于索取。

扎西拉姆·多多在诗歌《秋凉》中写道："一如当年，停在半天的云，和一张脸，骤然变红。一如当天，凝在江心的水，和一双眼，渐渐变冷。一如过去的每一年，秋凉铺向了每一条大街，停在了每一个窗台，缠住了每一根琴弦。"

你只是偶然拂动我门前柳枝的风，没有力气将所有的情愫连根拔起，因而，我只得再放你走，在每一个秋凉的日子里，让惦念与哀伤袭来。

电影播出不久，平底鞋、三分袖、紧束腰身、套头毛衫，甚至略显夸张的黑色太阳镜便成了时尚的焦点。赫本也凭借此剧获得第26届奥斯卡最佳女主角奖。在上台领奖时，她因激动语不成句，泣不成声，但她未曾忘记告诉世界："这是派克送给我的礼物。"

就这样，赫本从山野间一朵羞涩的雏菊，变成了镁光灯下一枝万人瞩目的俏丽玫瑰。然后呢，经派克的介绍，赫本认识了好莱坞著名导演梅厄·菲热，并与之相爱，顺利走进婚姻殿堂。

心碎是怎样的感觉？想必唯有真正体会过的人才知道，但如若让他们用语言来描述，他们也不知如何开口，如何诉说。

赫本结婚时，派克千里迢迢赶来，送给她一枚蝴蝶胸针作为礼物。

遇见你之后，都是好时光
yu jian ni zhi hou
dou shi hao shi guang

120

他们的爱情，只存在于戏剧之中，未曾开始，已是结束。

这样也好。自此之后，就让我做最爱你的朋友，尽管触不可及，但始终是你脚下沉默的泥土，用温暖包围着你，让你在四季的轮回中，成为你最渴望的样子。

一个被人称为天使的女人，想必不只是因为她有天使般的面孔，以及天使般的气质与修养，更重要的是，她拥有着旁人所不及的爱的天堂。如若没有这座以爱为名的天堂的守护，再令人心动的天使，也终将被世俗红尘中的灰尘与琐事所掩埋。

只是，赫本的天堂，不是她的丈夫，而是那一枚她始终佩戴的蝴蝶胸针，以及送她胸针的派克。

在路上，走得越远，越能感知这个世界的残忍与凉薄。在冷暖自知的岁月里，她经历了三次婚姻，而他一直在聚光灯之外，静静地看着她在人生的舞台上，成长、失望、坚强、脆弱。关注的程度，超过了任何人想象的力度。

一个女人，最难得的是，一生努力，一生被爱。对于那些拥有的心怀感激，对于那些未曾得到的日渐释怀。

在赫本的葬礼之上，已是白发苍苍的派克又像她结婚那日一样，风尘仆仆地赶来了。

送别之时，他低下头，轻轻地吻了一下她的棺木，终说出了埋藏在心底多年的告白："你是我一生最爱的女人。"

太迟了吗？不。未曾说出的言语，早已用行动做了补偿。

木心有言："使爱情的舞台上五光十色烟尘陡乱的，那是种种畸恋，二流三流角色。一流的情人永远不必殉陨，永远不会失恋，因为'我爱你，与你何涉'。"

爱情太短，稍纵即逝，而遗忘太长，永生追随。与其在得而复失的疼痛中辗转反侧，倒不如在静默中以最恰当的距离守护她，不必战战兢兢担忧她即刻消失，也不必小心翼翼害怕她忽冷忽热。

缤纷似烟火的爱情，是绚丽了一些，但谁愿意忍受瞬间即幻灭的窒息之感。倒不如以最自然、最诚恳的姿态，细心呵护那份情缓慢地坚定地生长，直至它平稳地越过高山与低谷，抵达生命的终点，任凭斑驳的岁月也不能将其侵蚀。

整个人生，其实是一幅完整的拼图。期间发生的每一段故事，都是一块碎片，我们将每一段回忆串联起来时，才能拼凑起全貌。

于派克而言，这张拼图的最后一块碎片，是他送给赫本的蝴蝶胸针。

在赫本去世十年后，苏富比拍卖行举行了她生前衣物与首饰的义卖活动。那一天，已经八十七岁高龄的派克买回了那枚

遇见你之后，都是好时光
yu jian ni zhi hou
dou shi hao shi guang

122

蝴蝶胸针。

　　他以这枚胸针为索引，在迅速流转的光阴中，在历历在目的回忆里，清晰地看到了那个如小鹿般在深林中欢喜地跳舞的赫本，也看清了他这一路是怎样忠于内心，怎样守护那段永不再复的纯净之恋。

　　两个月之后，他永远地离开人世。

　　至此，人生再无憾恨。

每一种被爱，都值得感激

　　在生日那天，他收到了一封信。展开信之后，他看到第一行字这样写道：

　　"你，从来也没有认识我的你啊。"

　　此时，颇具古韵又空灵优美的音乐响起，倏然间就拨动了人们的心弦。

　　这是徐静蕾根据茨威格同名小说改编的影片《一个陌生女人的来信》的开端。

　　第一次读茨威格这部短篇小说时，我还在上大学。图书馆中窗明几净，我坐在角落里，被书中那个从豆蔻年华直至生命终结，都稳如磐石喜欢一个并不认识自己的人的女子，深深震撼。

"我最想旅游的地方，是我暗恋者的心。"李碧华这样说。是的，她想走进她所爱之人的心里，但她又是那样骄傲。她并不愿主动告诉他，而是小心翼翼将那些青涩的心事窝在心里，折叠得整整齐齐，等他来发现，等他来呼应。这就好似将一粒种子，种在了见不到暖阳又着不了雨露的土壤里，只能在密不透风的泥土里，渐渐腐烂。

她用一生来珍藏对他的爱恋，最终这份感情也只属于自己。

那时睡在我上铺的贝，一天深夜接到一个电话。夜很静，甚至能听到水房流水的滴答声。电话之中，贝的声音里夹杂着惊讶与不知所措。我们躺着，静静听着。

放下电话之后，她小声地说，初中的同桌告诉她，已经喜欢她很久，但他决定要接受另一个女孩的表白了。

那个夜里，我们你一言我一语地讲述自己暗恋的故事，直到黎明将要破晓时，才昏昏沉沉睡去。

不曾表白的爱情，应该像是一杯浓郁的咖啡，如若不加糖，虽然苦到极致，却又让人分外着迷。如若加一点糖，稍稍减轻的苦涩中，则酝酿着一丝甜蜜的惊喜。那个在深夜给贝打来电话的男生，享受着每一杯感情的苦咖啡，即便准备开始另一段感情，仍愿意将咖啡的味道记在心里。

他打电话告诉她，并不是要寻一个结果，更不是埋怨她从

遇见你之后，都是好时光
yu jian ni zhi hou
dou shi hao shi guang

124

未注意过他。他只是想要告诉她，他曾经那样热烈地爱过她，仅此而已。

因为不曾有过任何承诺，所以无所谓负心与食言。无论是贝，还是他，都是幸福的。

隔了很多年后，我看了徐静蕾拍摄的《一个陌生女人的来信》。两个小时的时间，演绎了一个女人暗恋的一生。

老管家端来的那碗长寿面渐渐凉掉，信纸被作家一页页翻过。因知道故事的来龙去脉，我已不像初读小说时那样震撼。然而，当徐静蕾饰演的女主角，与姜文饰演的作家一夜缠绵之后，最后一次从他家中走出，碰到了他的老管家时，整个影片忽然之间就带了一些我未曾预料到的张力。

老管家已经白发苍苍，当他看到眼前的她时，他那看过浮世多少云烟的平静的心中，慢慢地渗出了一些酸楚，惊讶的眼神中透着一种惘然，甚至是害怕。

老管家认出了她啊，但她心爱的人始终记不起她。

那一刻，我的眼泪夺眶而出。

在影片的结尾处，多情而不专情的作家放下读完的信笺，推开那扇门。镜头切换到对面的屋子中，顷刻间，对屋中仿佛真的有一个十三四岁的孩子，梳着学生头，双手托着脸颊，向作家的屋中眺望着，盼望着。

想必此时，他心中是充满感叹与暖意的。他从未认真对待过爱情，犹如大雨一般，可以很快地淋湿一个女子，但当云彩飘走时，他又很快地淋湿了另外一个人。这样的他，不禁让我想到胡兰成。

且不论胡兰成的行迹，单从他所写的《今生今世》与《山河岁月》，便知他不仅写得一手好文章，且是一个心思细腻之人。女儿家的婉转心思，他都懂，只是对于出现在他生命中的每个女人，他都爱。多情，又薄情，却让每个女人都甘愿低到尘埃里。女人想要怨恨他，又怨他不起。

夜深人静之时，当他想起那些爱着他的女子，心中定也是柔情百转。

安妮宝贝曾说，最好的爱，不要束缚，不要缠绕，不要占有，不要渴望从对方的身上挖掘到意义，那是注定要落空的东西。

爱一个人，只是去爱，如若对方有回应，即是一种幸运。如若对方无动于衷，也无须怨恨与痛楚，毕竟这都是自己的选择。至于被爱之人，更应遵照自己的心意，妥善珍惜这一份不掺杂任何杂质的爱情。

要知道，在这混沌的江湖中，被一个人全心全意地爱着，是多大的福分，需要花费多少运气。

遇见你之后，都是好时光
yu jian ni zhi hou
dou shi hao shi guang
126

记得曾经看过沈殿霞做的一个访谈，嘉宾是她曾深深爱过的郑少秋。在节目中，沈殿霞表现极为淡然，就好似在访问一个与自己不相干的人。

在所有人都以为节目就这样平缓地落下帷幕时，沈殿霞出人意料地问道："你当年爱过我吗？"这一问，是如此迅速，以至于现场以及荧屏之外的人都来不及反应。郑少秋先是一愣，继而浮现笑意，郑重地点头，回答说："爱过。"

因了这一句爱过，人们心中的开心果沈殿霞泪流满面。

用十几年的倾心付出，换来一句爱过，对她而言，是值得的。岁月并不欠她什么，对面那个男人也不必觉得愧疚，她心中的爱仍是那样完好无损。

我爱你，与你无关。我的心为你跳动时，是欢喜的。

你被爱着，无须觉得这是负担。你因其感到温暖，才是我想要看到的。

愿你还是少年时，深情依旧

詹妮特·温特森在《守望灯塔》中写道："当你爱一个人的时候，你就应该说出来。生命只是时间中的一个停顿，一切的意义都只在它发生的那一时刻。不要等。不要在以后讲这个故事。"

因而，在察觉到自己深深喜欢上终日见面的老师时，Romeo便在下课之后，勇敢地将一枚戒指送给老师，并承诺以后要迎娶她，纵然Romeo只是一个六七岁的孩子。

这位老师自然没有将这种天真得冒着傻气的许诺当真。为了逗他开心，她将那枚戒指别无他意地戴在自己手上，丝毫未曾注意到他认真的神色。

然而，有一天，Romeo在一家店铺前遇到了老师，并极为敏感地发现，老师的手指上戴着一枚新的戒指。那一刻，他才明白，原来老师有未婚夫，而他不过是她眼中一个不懂爱的孩子。

知晓真相之后，他无疑是失落的。然而，他并未像大人那样在无法拥有某物时，便黯然神伤。经过细致的观察，他发现老师的未婚夫并非真正爱她。于是，他向那个男人提出决斗，以此来争夺老师的爱。

想必，在所有大人眼中，Romeo的行为极为可笑。他那郑重其事的神色，更像是在为过家家的游戏增添一种笑料。你我都未当真，只有他在澄净得不含一丝杂质的爱情中，随心所欲地徜徉着。

顾城在《我的心是一座城》中写道："我的心，是一座城，一座最小的城。没有杂乱的市场，没有众多的居民。冷冷

遇见你之后，都是好时光
yu jian ni zhi hou
dou shi hao shi guang

128

清清，冷冷清清，只有一片落叶，只有一簇花丛，还偷偷掩藏着，儿时的深情。"

用情最深最纯，往往是少年时，然而，长大以后的我们，只是怀念那时的时光，却对孩子们的深情一笑而过，再难当真。

所谓的决斗，在老师的未婚夫看来，不过是要陪小孩儿玩一场输赢无关紧要的游戏。于是，当Romeo蓦然掏出一把真枪对准他时，他当即惧怕得浑身颤抖。

在占得上风之后，Romeo严肃告诫他不要和老师结婚。在害怕之中，他懦弱的本性显露无遗。随着男孩儿的指示，他举起双手，跪在地上发誓永远不会和老师结婚，并口不择言地侮辱了老师。

她站在旁侧，看着他的丑态，不禁觉得荒唐至极。

Romeo扣动扳机，只是他射出的不是子弹，而是一枚乒乓球。

就在那一刻，老师摘下未婚夫的订婚戒指，转而戴上小男孩儿在下课后送她的戒指。然而，此时小男孩儿一本正经地说道，由于自己没有足够的经济能力，所以不该拥有老师。

李碧华曾说："见过婴儿心花怒放之笑，只觉成长格外悲凉。"年少时，我们迫不及待地想要长成自己渴望的样子。渐渐苍老时，才忽地明白，我们非但并未如愿以偿，也遗失了最珍贵的情怀。

Romeo不懂情话如何说出才好听，但他懂得怎样证明自己的深情。他送出那一枚戒指，承诺长大之后来娶眼前的意中人，足以说明他是那样想拥有她，但在自知无法给予她幸福时，又舍得放手。

在最不经人事的年纪，却拥有着最清澈的爱情，这或许就是为何长大后的你我，苦苦寻觅却时常弄得满身伤痕。

"Someday somewhere a girl is going to be very lucky."

老师忍不住笑着对男孩儿这样说。

总有一天，会有一个女孩儿很幸运。

只是，到那时，希望长大之后的Romeo，始终未曾改变爱情的纯真信仰。

这部名为《情窦初开》的短片，曾经获得第83届奥斯卡最佳真人短片提名，名气自是不比当年获奖的《爱神》，但在观影的短短十几分钟里，仿佛看透了我们长长的一生。

叶芝在《凯尔特的薄暮》中写下这样的言语："奈何一个人随着年龄增长，梦想便不复轻盈；他开始用双手掂量生活，

遇见你之后，都是好时光
yu jian ni zhi hou
dou shi hao shi guang

130

更看重果实而非花朵。"因而，在爱情之中，为了避免结束时留下痛楚与伤痕，我们时常以理智阻止自己的心越出藩篱。

是的，这样我们永远不会被爱情的火药炸伤，却也因此错过了璀璨斑斓的火花。

很久不联系的发小玉莹打来电话，告诉我她要和贾浩结婚了。

有些许意外，却又完全在情理之中。我笑着给予她最真挚的祝福，笑称即便人不到，红包也会送到。

他们是自幼一起长大的青梅竹马。前段时间回到家，还听奶奶说起，贾浩小时候在人们的引逗下，说出玉莹最好看，长大之后要娶她的话。玉莹本在自顾自地吹气球，听闻贾浩夸奖她漂亮，便欢喜地回应着他孩童版本的求婚。

当时，人群一阵哄笑，连连说着童言无忌，并不当真，只是将其当作午后有趣的谈资。

当他们渐渐长大，大人们便很少再谈起这个笑闻。如今，当村镇中传遍他们要结婚的消息时，那个片段才又被人们津津乐道起来。

值得庆幸的是，随着年龄的增长，贾浩仍觉得玉莹最好看，最适合做他最美的新娘。

上海滩的留声机

恋爱是一辈子的事情，浪漫也是如此。

上海滩奢靡至极，却又细腻到骨子里。老唱机的唱针旋转起来时，恍若时光也悄然流转起来。万种风情中，又带着一种从内里散发出来的洒脱。

陈丹燕在《上海的风花雪月》中用饱含深情的笔触写道："上海，曾经被称为东方的巴黎，曾经是个浮华璀璨的花花世界，曾经最西化、最时髦，有着最优雅精致的生活方式……"

对于陈丹燕的描述，我是深信不疑的。独自一人走在寂静的甜爱路上，不经意间便触摸到了上海的浪漫情怀。这条小径，看似寻常，却妩媚尽显。行人不时从包里拿出写好的信笺，投入路口处的爱情邮筒，任凭邮差在信封上盖上英文"LOVE"邮戳。

绿荫掩映的墙壁上，印刻着中外二十八首著名的爱情诗篇，我一边行走，一边阅读，像是在享受一场流动的爱情盛宴。

在想象中，上海的女人是极难伺候的，对于爱情一点也马虎不得，犹如穿在身上的那件斜襟旗袍，熨烫得平平整整，一

遇见你之后，都是好时光
yu jian ni zhi hou
dou shi hao shi guang

132

点褶子也不能容忍。

怎样的女人，就会造就怎样的男人。霓虹灯下的男人，正以自己的细致与考究，与追求精美的女人相配。所以，在这座璀璨与怀旧兼具的城市里，爱情似乎比任何一个地方都更沉淀着醇香的风味。

最爱在华灯初上时，穿行在上海的南京路上。穿梭其间的观光车，林立的店铺，随意涌动的人流，在灯火中都一副微醺的样子，或显出自己的小资情调，或显出自己的时尚风情。

我也不自觉地学着上海女人的样子，提着一款复古的花形手提袋，徜徉在日不落般的老街上。

走在我前面的是一对老年夫妻，头发已全是银白色。他们步履稳健，像年轻人那样挽着手，虽有些郑重，倒也让人觉出这便是他们寻常的姿态。我不禁有些感动，紧紧尾随其后，想要看看他们是怎样战胜了岁月，是怎样使爱情始终新鲜。

从侧面可以看得出，老阿姨厚厚的耳垂上镶嵌着一颗月光色的珍珠，耳鬓间搽了些脂粉。那一头微卷的齐耳白发，也应该刻意修剪过。微风吹过，稍稍拂乱她的发梢，她不紧不慢地抬起手轻轻拢好。举手投足间，我甚至能看到她抹了红色的指甲油。

这样的女人，该是精致了一辈子吧。

岁月越是在她身上堆积，她越是能将其转化成光彩。

弗拉基米尔·纳博科夫在《洛丽塔》中写道："她可以褪色，可以枯萎，怎样都可以，但只要我看她一眼，万般柔情便涌上心头。"伴在老阿姨身边的老阿公，心中便是如此的感受吧。

他总是不时地侧过身为她拉一拉披肩，再向她微微一笑。每当这时，我都觉得那款笔挺的西装，穿在他身上格外有型，自有一种不甘示弱的劲头。在外人看来，他的讲究与身边老伴的美不相上下，两人配合得天衣无缝。

我站在不远不近的距离之外，看着他们拐进街角那家咖啡馆。我慢慢走近，透过擦拭得一尘不染的落地窗，看到他们拿着汤匙，轻轻搅动着杯子，目光却不自主地看向对方。

他们笑时，脸上都有褶皱。只是，每一道褶皱里，都饱含着一段好时光。

咖啡馆里传出八十年代的经典情歌，渲染着如梦似幻的柔情，也令听到的人们甘愿为之倾注柔情。

借着璀璨的霓虹，我穿过南京路，穿过一条条婉曲的弄堂，慢慢踱回住处。极静时，仿佛能闻晓黄浦江上的涛声，以及伴随而来的那首风靡整个上海的《上海滩》。

遇见你之后，都是好时光
yu jian ni zhi hou
dou shi hao shi guang

134

提及《上海滩》，难免会想到与上海有着千丝万缕联系的孙俪。她是地道的上海女人，又在《上海滩》中饰演过冯程程，对于上海的独特感触，自是比旁人更多一些。

记得看过一篇有关她的采访，说她忙里偷闲回到上海时，总要去看看那些保留下来的老房子。那些隐藏在老梧桐后面的房子，每一砖每一瓦，都带着复古的气息，让人生出怀旧之感。

不仅如此，她也会和邓超一起吃老字号的小笼包。热气氤氲在脸上，香味缠绕在唇齿间。不必到昂贵的东方明珠旋转餐厅里，也无须去滨江大道上，只要在布置干净的小店里，向面容慈祥的店主要一屉刚出炉的小笼包，便可享受到春日般的温柔与浪漫。

川端康成曾说："风雅，就是发现存在的美，感觉已经发现的美。"

在上海这座城市里，爱情没有不美的。即便奢华至极，也在细枝末节里透着妥帖与精致，仿佛来过这里的人，都不轻易跌进怀旧的音乐里，生出某种本以为早已忘却的情愫。

生命有限，爱永无止息。

一切都是有回声的，都会留下蛛丝马迹，就像那部永远放着老唱片的留声机一样。

当我坐上返程高铁的那一刻，我发现我已经爱上这座城市。

奥尔罕·帕慕克说道："当你热爱一座城市并且时常漫步探索其间时，不仅你的灵魂，就连你的身体，也会对这些街道极为熟悉，以至于多年之后，在一股或许因为忧伤飘落的轻雪所引起的哀愁情绪中，你的腿会自动带着你来到最喜爱的一个山丘。"

我拨通他的电话，不假思索地说道：

下一次，我们一起来这里吧。

彼此靠近，不是为了擦肩而过

伴随着天真无邪的童声清唱"Country road, take me home……"，银屏上的画面美得好似秋日晴朗的夜空，傍晚拂柳而过的微风和清晨草叶上晶莹的露珠。

用两个小时，我重温了近藤喜文的《侧耳倾听》。总认为拍摄动漫电影的人心中住着一个不愿长大的孩童，每当他们无力抵挡世间的冷漠与凉薄时，便将其呼唤而出，画在纸上，赋予自己重新面对荒芜生活的能量，也唤起人们对美好过往的回忆，对无知未来的憧憬。

所以说，漫画家笔下的人物，永远停留在懵懂的十几岁。

遇见你之后，都是好时光
yu jian ni zhi hou
dou shi hao shi guang

136

他们担忧的不是柴米油盐这般琐碎的事情，而是那还未走到、尚在迷雾中的前方。他们年少不知愁滋味，却对忧愁有了足够的好奇感与敏锐度。他们比大人多一份纯真，因而他们更能触摸到事物的真谛。

当然，这其中包括给人温暖，也让人悲伤的爱情。

天泽圣司和月岛雯两人心中都怀有梦想，一个希望成为出色的小提琴工匠，一个希望成为慰藉人心的作家。两人由一张借书卡而相识，因欣赏彼此的梦想而爱慕对方。为了能够更配得上对方，他们努力弥补自己的不足，极力追赶着对方的脚步，生怕成为彼此的负担。

因而，在相处的时光里，他们之间盈满温暖的关怀，安静的祝愿，以及深沉的钦佩。不占有，不牵绊，不束缚，以宽容，以理解，以信任，放飞各自的梦想，滋养这份未曾出口，却始终奔涌的爱情。

当我们决定将自己的心交到他人手中时，又怎能讨价还价？

唯有毫无保留地去爱，专注地去给予，就像鸢尾花那样心无旁骛地盛开，让对方感受到自己的爱意，而不是得不到的恐惧与埋怨，才不至于成为他人的包袱。

在影片的结尾处，天泽圣司骑着自行车载着月岛雯爬路坡，天空是醉心的蓝。女孩觉出了男孩的吃力，说道："我先下来吧。"

"没问题，我早就决定……要这样载着你……翻山越岭。"男孩边蹬自行车边说。

女孩适时跳下了自行车，并顺手帮着男孩往上推车："我不要成为你的包袱。我也早就想好了，要在背后支持你。"

最终，他们爬上了坡，女孩又坐上了自行车的后座。幽静而婉曲的小路无限延展开来。

这一段对白，他们皆是喘着粗气在不经意间脱口而出，没有刻意的缠绵，也没有任何违和之感，让人觉得这就是他们所拥有的最为真实纯净的爱情。

爱情难免使人卑微，但更让人坚强。彼此的靠近，不是为了擦肩的瞬间，而是为了携手并肩，相伴走过苍茫世间。

纪伯伦说："爱没有其他欲求，只愿成全自己。但倘若你去爱，就必定有渴望，让这些渴望，融化成奔流的小溪，在暗夜里唱诵欢快的曲调。"真正的爱，自足于爱，它不占有任何东西，也不被任何东西占有。

如若想要获得这样的爱，就做舒婷笔下那株木棉，以树的形象与对方站在一起，欢喜地共赏雾霭、流岚与虹霓，也甘愿分担寒潮、风雷与霹雳。

遇见你之后，都是好时光
yu jian ni zhi hou
dou shi hao shi guang

138

　　黄昏悄无声息地降临，我时常会想到那个悲伤地看了四十五次落日的小王子。

　　他离开自己所在的星球，离开那朵他曾真诚驯养的玫瑰，试图到远方去寻求心中的答案。在漫长的跋涉中，他遇见了各种稀奇古怪的事情，并深深为之感到忧伤。每当哀愁弥漫心间时，他都会朝向落日的方向，想起自己星球上的玫瑰。但他尽量克制着自己在难过时，才想起她，以免自己的惦念看起来不够真挚与深沉。

　　直到他来到人类居住的地球，遇见一只小狐狸，并在小狐狸的要求下耐心地驯养了它，小王子才从小狐狸的身上懂得了什么是真正的爱情，同时也明白了自己花园中那朵玫瑰的独一无二。

　　双眼并不能看见事物的本质，唯有用心灵才能洞察万物的脉搏。尚在自己星球上时，小王子看到的皆是玫瑰的任性与执拗，并不知晓这皆是为得到关注而刻意营造的，更不曾与其一起承担爱情路途中的那些误解，而使得彼此之间的距离愈来愈远，使得爱情里的痛楚悲伤大过温暖欢愉。

　　从陌生到相识，要走很远的距离，需要很多的运气。然而，从相爱到远离，却只需一步。小王子迈出了那一步，将玫瑰撇下独自远行。

　　谁都无法否认，小王子情之深，爱之重，但爱情无法只以想念供养，如若最终他无法回到自己的星球，再真挚的爱情也只能成幻想，更别提一起翻山越岭。

木心曾言："知与爱永成正比。"

所谓知，在我看来是知自己的心，知对方的意，也知爱的深浅。如此，两人在命运途中相逢后，才不会出现渐行渐远的危机。在岁月的纹路里，两人也才可由恋人，成为夫妻，最终当人间的浮华褪去，他们也就成了融入彼此生命的亲人。

年岁渐长，我还是会在悠闲的午后看一遍《侧耳倾听》，随着那首干净的歌走进天泽圣司和月岛雯的世界里。我也从各个书店里搜集来不同版本的《小王子》，在落日时分祝福他已经回到自己的星球，为驯养过的玫瑰负起责任。

当我的名字冠上你的姓氏

艾丽丝·门罗在《公开的秘密》中写道："婚姻把你从自我中拽了出来，给了你一种真实的生活。"

在爱情之中，我们皆是站于云端享受曼妙景致的仙子，一副全然不食人间烟火的样子。我们将对方看作自己生命的救赎，在深思熟虑之后，终于征得亲朋好友的同意，决定与他走

遇见你之后，都是好时光
yu jian ni zhi hou
dou shi hao shi guang

140

进烟火人间，做他的妻子。

当我们披上婚纱，挽着父亲走过长长的红地毯，走过众人饱含祝福的眼神，走到他面前时，我们都理所当然地认为，他已经彻底在自己的地盘扎寨安营。自此之后，我们就可安然坐在餐厅里，什么都不用做，只需享受他呈上来的婚姻盛宴就可以。

可是，你是否想过，当你的名字冠上他的姓氏，当天堂的恋爱变成凡间的婚姻，你们如何来抵御厨房里的油烟，你们怎样来冲淡朝夕相对的审美疲劳？行到山穷水尽处，你们又如何再搭建一座桥，走过这之后的千山万水？

爱情一眨眼结束时，婚姻一眨眼才刚刚开始。

已经记不清那一天是哪一天，只记得和朋友聊完天之后的震撼。

她是我们几个很要好的朋友中结婚最早的一个。当我们不知道自己的另一半还有多久才能与我们相遇时，她已经把结婚请帖送到我们手上。

婚礼上，新郎将铂金戒指戴在她无名指上，而后温柔与她拥吻时，我们热泪盈眶，对她如此之快找到终身伴侣，既高兴又有些妒羡。

我们与她都笃信，她这一生定是幸福无疑的了。

只是，这个世界不是一潭死水，它总要制造诸多意外以保持自己的绚丽缤纷。

她那天告诉我说，结婚之后，他就像是变了一个人一样，简直就是一杯温吞的白开水，不再浪漫，不再有激情，自己都想离婚了。

原来不是结婚之后，就一切万事大吉。当初的幸福婚约，似乎也已失效。

电话这头的我，不禁想起了韩剧里经常出现的桥段。在结婚之前，男主在大雪纷飞的深夜，跑遍附近所有的街，只是为了给女主买一碗热腾腾的豆酱蛤蜊汤。在结婚之后，男主不再幽默风趣，只是在电视机前反复看一张报纸，留下女主一人在厨房里腌制饭桌上不可缺少的泡菜。女主想起从前的美好日子时，忍不住唉声叹气，男主则已经修炼得对这番抱怨不动声色。

银屏之内的生活就这样在婚后失去了亮丽色泽，银屏之外的我们都想着，既然婚后生活如此惨淡，那一个人跳舞的日子还是慢点结束好。

加西亚·马尔克斯在《百年孤独》中写道："生活中曾经拥有的所有灿烂，终究都需要用寂寞来偿还。"

遇见你之后，都是好时光
yu jian ni zhi hou
dou shi hao shi guang

142

　　如用这句话来比喻恋爱与婚姻，虽然残酷了些，细想之下倒也觉得极为合适。

　　只是，婚姻也可呈现另一种样子，与想象中的契合无间，只要我们懂得努力与经营。

　　因你已是睡在他床榻之侧的妻子，是陪他穿越余生的伴侣，不再是他枪下的猎物，因而，他不用装好子弹，时刻准备扣动扳机。他每天提着公文包走进家门的那一刻，便只是松开佩戴整齐的领带，颓然倒在沙发里。

　　此时，你头发松散，系着围裙将做好的饭菜端上餐桌，他或许甚至没有看你一眼，就拿着筷子狼吞虎咽起来。你难免感到委屈，觉得生活无望，可这就是在一起之后的真相。除却接受，继而用最大的努力将其变得有趣味之外，别无他途。

　　维持一段不会破裂的婚姻，只能用爱来代替生活琐事。朝夕相处的时日越长，越需要启动新的感情生活方式。若非如此，再深沉再浓厚的感情，也抵不过呆板生活的侵蚀。

　　那天朋友一把鼻涕一把泪向我哭诉完之后，问我是要继续过这样无趣的日子，还是离婚还自己自由。

　　我沉默很久，终于说道，不要总想着让对方制造浪漫，生活毕竟是两个人的，你可以试着给他一些惊喜，说不定会获得意想不到的效果。

听完我的话，她并没有给予明确的回复，只是含糊着挂了电话。

大概过了三个月之后，我收到她从马尔代夫寄来的明信片。明信片上的图画是他们在夕阳下的海岛亲密拥吻的轮廓，背面写着一句海子的诗："活在这珍贵的人间，太阳强烈，水波温柔。"

我知道他们早就有去马尔代夫旅行的愿望，许是因太过忙碌，许是因两人早已没有往日的激情，出发总是缺少那么一点动力。放下我的电话之后，她开始在网上看攻略，做计划。在短短的时间里，她独自一人订好了机票、酒店，以及出行的安排与游玩的项目。

在一切都准备好之后，她才告诉他。在知晓妻子为自己准备了一场浪漫海岛之游时，他惊喜异常，仿佛顷刻之间他们又成了昔日的恋人，她一脸娇羞，犹如一朵初绽的水莲花，而他又成了那个为俘获一个美人便发动一场特洛伊战争的勇士。

当我们携手走进婚姻，自云端归于尘土，生活也并不是那样糟糕，遍地长满荒芜的野草。

如若，你愿意用一点心，成为在背后给予他温柔的手，笃定的眼神，以及适时制造一些浪漫因子的女人。

遇见你之后，都是好时光
yu jian ni zhi hou
dou shi hao shi guang

144

爱和希望不散场

亦舒写了一辈子有关女人的故事，从未见她写厌过。她笔下的那些女子，往往有着传奇的经历，或是街头的时尚女郎一朝嫁入豪门，或是红极一时的女明星一夜之间一无所有，或是穷困潦倒的少女摇身一变成为某富豪的财产继承者。

只是，无论她们的经历让人产生多少晕眩之感，亦舒都在她们身上赋予了和平凡女子同样的使命：追寻爱情。

是的，无论你是聚光灯下吸人眼球的女子，还是在阑珊角落里默默无闻的女子，倾其一生不过都是为了觅得一个宽阔坚实的臂膀，以让自己生来即流浪的心有个归宿。

因而，一个"情"字，让那些看起来疯魔的传奇女子，显得那般合情合理。

冈仓天心在《茶之书》中写道："本质上，茶道是一种对'残缺'的崇拜，是在我们都明白不可能完美的生命中，为了成就某种可能的完美，所进行的温柔试探。"

爱情又何尝不是一种试探，试探自己是否会不求结果坚守内心，是否会不求回报只愿给予。

当试探渐渐深入，你会发现自己或是已然深深爱上，或是发现爱仍在前方，而不管哪一类，你都与自己约好，要永生追求，不管路程多遥远，多崎岖，多艰险。

在《我的前半生》中，我读到了亦舒对爱情最为挚诚的告白：

唐晶摇摇头，"子君，我到这种年龄还在挑丈夫，就不打算迁就了，这好比买钻石手表——你几时听见女人选钻石表时态度将就？"

我睁大了眼睛，"丈夫好比钻石表？"

唐笑说，"对我来说，丈夫简直就是钻石表——我现在什么都有，衣食住行自给自足，且不愁没有人陪，天天换个男伴都行，要嫁的话，自然嫁个理想的男人，断断不可滥竽充数，最要紧带得出。"

心存爱意与希望，一切愿望仿佛都可踮起脚尖触碰到。即便对方仍远在天涯海角，至今杳无音讯，但因坚信终有一天会相逢，心便始终有处可栖，不至于在海浪里颠簸摇晃。

在旁人眼中，唐晶拥有一切。而在她自己看来，假若没有一个理想的终身伴侣，纵然拥有万贯财富，也仍觉得自己一无所有。因而，她不愿将就，不愿为了填充身旁的空缺，而随便

遇见你之后，都是好时光
yu jian ni zhi hou
dou shi hao shi guang

146

挑选一个男伴，就迈着歪歪斜斜的步子，踉跄地走向荆棘密布的人生。

于是，她决定要像选钻石表那样，选择可与自己灵魂相契合的男子。或许，她一时无法遇见他，但她愿意跟着自己的心走，随缘、尽力、达命，直到爱情成为雪中送炭的厚棉被，也成为锦上添花的钻石表。

杜拉斯始终记得年少时，初次体味到的爱情滋味，因而她怀揣着这份悸动的感受，写下那本惊动文坛的《情人》，写下那句让我动容的话："爱之于我，不是肌肤之亲，不是一蔬一饭，它是一种不死的欲望，是疲惫生活的英雄梦想。"

每个人都曾失恋，都曾为爱落得满身伤痕，但是这皆不能成为不再相信爱情的缘由。

爱情是生生不息的梦想，唯有追求与相信，千万里路程也不过是一抬腿的距离。

亦舒笔下那些用生命来追寻爱情的女子，又何曾因路远而放弃踏上寻爱旅程？

在她所写的一部小说中，一次阴差阳错的相逢，让一个极为贫困的少女遇见了一个女富豪，并做了她的贴身服侍。这位富豪并没有直系亲属，便决定修改遗嘱，让这位少女继承她的部分财产。

一夜之间，这个潦倒的少女一攀而上，成为枝头上的金凤凰。当人们纷纷猜测她将如何处理这笔巨额财产时，她却并未表现出多大的热情，唯一让她心感欢喜的是，她可以用这笔财产做路费，去寻找那个始终未曾忘怀的男子。

在漫漫余生之中，她不关心珠宝，也不关心柴米油盐，而只是专注于寻找记忆中的男子，甚至有些神经质般地不放过任何一个角落，一丝线索。

最终，她得到了他早已在穷困潦倒中死去的消息，却仍固执地认为这消息有误。她没有因这个消息而停下寻找的脚步，而是将其抛诸脑后，一如既往地向世界的深处挖掘。

很多人都觉得亦舒笔下这部小说极为荒诞，这个女子甚为荒唐。可是，如若不去追寻，岂不是在辜负尚好的时光。

如若在苍茫红尘中觅得那个人，是她的运气，也是她的福气。如若在生命之光熄灭时，她仍是追寻未果，至少那段为他翻山越岭的岁月，已让她成为最美的自己。

每逢长假时，我那些将要"奔三"却仍单身的朋友们，总是以没抢到票为由，宁愿自己躲在自己租住的狭小房间里，也不愿回到家中在享受宽敞房间、品尝美味佳肴的同时，忍受焦急父母的唠叨。

遇见你之后，都是好时光
yu jian ni zhi hou
dou shi hao shi guang

148

当我们觉得岁月尚且温柔时，父母已经恨不得要拜托街坊四邻、单位同事给自己介绍对象了，甚至还带着些许饥不择食、寒不择衣的意味。当我们振振有词地反驳，诉说自己有能力打理好自己的生活，要等更合适的人出现时，父母脸上的忧色非但并未褪去，反而愈来愈浓。

此时，我们唯有具备足够的耐性，才能在父母亲朋的念叨中，突出重围，以那颗备受摧残却依旧坚定的心，去笃信爱情。

岁月越是逝去，我们等的时间越长，就越不能出卖自己。

愿爱着的人，继续爱。

愿失去爱的人，还相信爱。

愿未寻得爱的人，仍寻觅爱。

如此人生才不至于如戏剧散场时那般人影散乱，灯火阑珊。

一万年太久，只争朝夕

"我的如意郎君是位盖世英雄，有一天他会踩着七色的云彩来娶我。我猜中了开头，可我猜不着这结局……"

"曾经有一份真挚的爱情摆在我的面前，我没有珍惜，等失去的时候才追悔莫及，人间最痛苦的事莫过于此。如果上天能给我再来一次的机会，我会对那个女孩说'我爱你'。如果非要在这份爱上加上一个期限，我希望是一万年！"

在过去二十年间，我们翻来覆去地看那部看似荒诞不稽的《大话西游》。这些台词，也成了我们纪念青春最好的旁白。

是的，在遇见爱情时，我们不懂得爱，在我们懂得时，那份爱早已如烟散去。就像当初我们看不懂《大话西游》，只把它当作一场闹剧，当作午后的谈资。但当我们明白其中的真意时，它离我们已经太过久远。

时隔二十年，忽然听闻这部寄存着我们青春的影片，要在银幕上重映，心中不禁生出万千感慨。

自消息传出，网上便涌起汹涌浪潮。人们皆在预测，这次重映，到底有多少人会履行自己欠周星驰一张票的诺言，走进影院，还当年被错杀的《大话西游》一个票房奇迹。网络上开始流传由当年的经典台词改编的句子："欠星爷的票房终于可以还了，如果非要说一个数字，我希望是一万亿。"而我置身其外，随意浏览着这些消息，不知怎的，倒想起2013年上映的那部《西游·降魔篇》。

"我爱你，我第一次见到你就爱上你了。"

"有多爱？"

"好爱，我没有一天不想你。"

遇见你之后，都是好时光
yu jian ni zhi hou
dou shi hao shi guang

150

"爱多久？"

"一千年，一万年。"

"一万年太久，爱我，现在。"

这是影片中，陈玄奘与段小姐之间的对白。记得当初看到此时，坐在影院最后一排的我，尽情地流着泪。

1994年，至尊宝本想求一颗真心，却迷失在了滚滚红尘中，轻狂地许下一万年的承诺，却让爱情终成往事；2013年，陈玄奘历经种种磨难，终于体悟到有些事，即便悔恨，也无法重来，有些人再爱，也永成陌路。

想必，当二十年前的影片再回放时，我们都会从那个放荡不羁的浪子身上，看到自己当初稚嫩的样子。年少时，我们是那样轻薄，理所当然地认为说出的话、做出的事、遇见的人，就好似穿堂而过的斜风，去了还会再来。因而，那时我们手上与心底捧着的，都是不可一世的自我，将一切都不放在眼里。

直到如锦年华将一切都夺去，喧闹的白天换成寂静的夜，姹紫嫣红的春日变为萧瑟的秋，我们才惶惶然察觉到了失去的残酷。

长大并不是一个漫长的过程，而只是从梦境掉入现实的一瞬间。那一瞬间，我们开始像至尊宝那样，收起疯魔的脾气，走上漫漫取经之路。在路途中，我们不说一万年，不许诺任何誓言，只是在爱时就全心全意地去爱，不悔不恨，不惦念过去，也不畏惧将来，只求当下，只争朝夕。

罗兰说道："一切情绪上的激荡终会过去，一切色彩喧哗终会消隐。如果你爱生命，你该不怕去体尝。"我想，体尝过后，你我才可进入生命中更新更澄净的阶段。就像陈玄奘在《西游·降魔篇》中所说的那样：

"曾经痛苦，才知道真正的痛苦。曾经执着，才能放下执着。曾经牵挂，了无牵挂。"

影片结束后，字幕一行行浮现。此时，影院响起《一生所爱》。本已散乱的人群，忽然停下来，或重新坐到自己的座位上，或停在原地。那一刻，全场鸦雀无声，静静地听着这首经典老歌，直到最后一缕旋律熄灭。

有人曾说，如若你看得懂《大话西游》，听得懂《一生所爱》，你便懂得了爱情与命运，懂得了执着与释怀。《一生所爱》的填词人是唐书琛，即卢冠廷的夫人。他们夫妇二人，一人填词，一人谱曲演唱，心灵相通，灵魂相契，合作出来的歌曲，自是更为深情一些。曲子中纠缠着的"情"，是他们无法绕开的，也是剧中人无法绕开的。

二十年前，饰演紫霞仙子的朱茵，古灵精怪，痴情地爱着

遇见你之后，都是好时光
yu jian ni zhi hou
dou shi hao shi guang

152

逗笑万千观众的周星驰，在银幕内外，皆曾流过令人心疼的眼泪。二十年后，没有猜中结局的朱茵，结婚生子，在一段平顺的婚姻里，眉眼温柔如水。

二十年前，饰演至尊宝的周星驰，超级无厘头，撒下爱情的种子，却忘记了收获。二十年后，被口水缠身的周星驰，低着头说道："对不起，我老了。"

他老了，再也不会像从前那样如浪子一般，随心所欲地游荡世间；不会像从前那样，如狂魔般无厘头地饰演着角色。他要带着一颗渐渐苍老的心，去承担那些割舍、离散、凄苦，而后慢慢释怀。

记得曾经看过周星驰的一个采访，当他被问到《逃学威龙2》有何难忘的回忆时，他稍稍思索，便答道："坦白说，难忘只有朱茵一个。"此话一出，座下哗然。为他的坦诚，也为他时隔多年，仍是无法忘怀。

再想起你时，心里有春风，漫山遍野地吹。尽管如此，我也只能试着将你忘记。

只有这样，我心中才可能腾出更充足的空间，去容纳陪在身边的人。

不提一万年，只愿充分享有此时此刻。

假如是你陪我一起变老，等待又有什么关系

你给的阳光只有短短一米，却照亮了我长长的一生。

因为是你，所以我只愿做一棵树，永远等在你必经的路旁。

原来，遇见之后还有千山万水要走

乌镇，似乎永远都是那样安静，仿佛临水而居的人家，一生都在沉默与无言中度过，甚至那河中之水都是拒绝流淌的。

撑船离开这座城市的人，或许因它落后永不再回来。而留在这里的人，在晨昏日暮中，以锦瑟年华，以蚀骨深情，浇灌每一寸等待的光阴。

我坐车抵达乌镇时，已是傍晚。在一家客栈安顿好之后，便一人信步走走。

街衢狭窄蜿蜒，小巷幽静安然，屋瓦整齐清明。此时，不知谁家升起的炊烟，就像闲游的云一般，袅娜着飘浮在乌镇上空。

夜色渐浓，由于乘了一天的车，我已有些许疲惫，便转身走回客栈，只留月华洒落在水中。那一晚，我睡得很沉，很安稳，好似一滴水落入深潭，了无踪迹。

第二日，我在一片鸟鸣声中苏醒，掀开窗帘一角，看到外面的天并非湛蓝色，而是一种更为柔和的乳白色。那时，我才真切地感知，我已离开喧嚣的城市，暂时放下了缠身的琐事，来到了梦境般的乌镇。

简单吃过早餐，背上相机，开始一天的游行。与黄昏时相比，乌镇的清晨更为安静。连接此岸与对岸的拱桥，默然伫立，如同一位等待归人的痴心女子。桥下的乌篷船有些斑驳，想必已有些年头，它载了多少过客，谁又说得清。

说是游行，其实漫无目的，我并没有给自己安排特别的去处，只是随心漫步于此，用双眼捕捉美景，再用相机定格美景。几天游行之后，只愿自己心中怀着饱满将溢的满足与温暖妥帖，踏上归程。

走上拱桥，拍下了静静流淌的小河，却留不住悄然逝去的时光。尽管如此，河水两岸的人们，还是愿意以古朴的姿态，静默地守候着这座小镇。

不知顺着河岸走了多久，只觉脚步已不似最初时那般轻盈。

风起，柳摇。我转头忽然从一户人家敞开的门扉里看到随风飘荡的蓝印花布，不由得停下脚步。我拨开遮住眼帘的发丝，看到庭院里支满竹竿，竹竿上晾晒着刚刚从染缸中捞起的蓝印花布。风一吹，花布便翩然而起。

两条花布的缝隙间，偶会出现一个女子的身影，她及肩的长发松松地挽起。由于离得较远，我看不清她的神情，只觉得浆染的女子定不是浮躁的。犹豫再三，终挪动脚步，跨

遇见你之后，都是好时光
yu jian ni zhi hou
dou shi hao shi guang

156

进了门槛。

我走到庭院中，站在那一排排蓝印花布前，轻声唤出了主人，并简单说明了自己偶然经过的来意。染布的女人大概三十岁的样子，笑意温暖，对于我的出现并不吃惊，而是从铺满阳光的月台上拿来一个竹板做成的板凳，让我坐下。

月台上，坐着一位老人，目不转睛地望着门外，给人的感觉像是在等什么人。我们并排坐着，老人不时问我从哪里来，每当我告诉她我来自北京时，她的眼神都暗淡一次。

微风温和如许，蓝印花布飘扬如同蓝色的海浪。年轻的女人轻轻地抻拽花布，以防止它干后变得褶皱。与老人相似的是，她也时时透过敞开的门扉，望向外面。她没有直接问我从哪里来，而当老人每一次问起时，她都静静地看着我，眼神中是某种我并不理解的期待。

时至中午，蓝印花布渐渐风干。相机里已存储下许多有关花布与它的主人的照片，我正准备要走，染布的女人却说，她们的午餐一般较为简单，问我会不会介意。我笑着摇摇头。

那一顿午餐，确如她所说简单至极，不过是几块姑嫂饼就着一盏熏豆茶，但给人的感觉又极为用心。饭间，老人忽然问我，有没有去过台湾。我放下那盏香气馥郁的熏豆茶，坦诚说道，只因工作去过一次，很是匆忙，在那里待了不过两天。

老人听完，叹了口气，望着辽阔的天空说道，台湾太远，不是谁想去就能去的。

吃过午餐，染布的女人服侍老人睡下，便和我坐在月台上。

她告诉我说，这位老人并不是她的母亲，而是她的邻居。她父母临终时，把她托付给了这位一生都交付给等待的老人。我听到此处，虽感意外，也觉在意料之中。

在老人那个年代，大陆与台湾来往并不通畅，甚至寄一封信都需要很长的时间。彼时的乌镇更静，仿佛连呼吸声都可以听到。直到有一天，一位到此处拍摄风景的台湾男子，看到在河岸边看行船的她时，便提出为她拍摄一张照片。

就这样，她以略带慌张的神情，走进了他的镜头。而他那专注于风景的样子，更是由眼入心，走进了她的生命。

他停留的时间很短，临走时，答应她过一段时间他还会再来，并将她带走。起初，她能收到他寄给她的漂洋过海而来的信笺，只是，故事是故事，并不能当日子过，那些遥远得够不到的梦，终究只能是一厢情愿的梦境。

她就一直等，等到昔日的好友都成婚生子，等到乌镇一天比一天静默。

我问坐在我旁边的染布女子，那么你呢？你也会像她一样一直等下去吗？

她笑了笑，眼睛周边折起几道鱼尾纹，仿佛其中藏着沧桑

遇见你之后，都是好时光
yu jian ni zhi hou
dou shi hao shi guang

158

的岁月，藏着深沉的执念。或许，对于这里的人们来说，等待一个人是最为稳妥的方式，因他们怕出去寻找，非但找不到对方，反而也会丢了自己。

我离开那家小院时，老人已经睡醒，又坐在月台上聚精会神地看着门外。染布的女子穿梭在花布间，打理着花布，也打理着自己的心。

在爱情里，我们都是对方的一只风筝，线牢牢地被对方抓着，陪伴自己的却只是来去无踪的风。曾以为遇见彼此，就是命运最大的恩赐，走进这座古宅，才明白，遇见不过是千山万水之中的第一步。如若遇见只为错过，等待则无尽头。

缠绵情书与柴米夫妻

从前，一切都很慢，一生只够爱一人。

渐渐地，一切都很快，以至于我们没有时间写下一封信，也没有机会收到一封信。

在书店里随手翻阅书架上的书籍时，偶然看到朱生豪写给宋清如的情书：

我不是诗人，否则一定要做一些可爱的梦，为着你的缘故。我多么愿意自己是个诗人，只是为了你的缘故。

我们都是世上多余的人，但至少我们对于彼此都是世界最重要的人。

……

站在书橱旁侧，一页页翻看。说是感动得想要落泪，并不夸张。他将婉转的心思与想念一点点摁进纸中时，心中定是柔情百转。

费尔南多·佩索阿说道："幸福的人，把他们的欢乐放在微小的事物里，永远也不会剥夺属于每一天的、天然的财富。"因而，在下笔时，他不提广袤阔大的世界，不提日益变化的社会，不提没有源头的历史，只说今日事今日情，微醺的阳光，清晨的雨露，一朵花的开放，一株草的枯荣，以及一点我想你的心思，都被他写到纸上。

那个以书传情的年代，早已寄存在过去那一段专属时光中。而我们，只得隔着带着灰尘的玻璃窗，踮着脚尖张望。

嘉兴的朋友打来电话邀我过去玩几天，恰好赶上休息，便决定开车去。倒不是说那里的风景多好，只是在喧闹的都市待久了，便想要出去喘口气。去哪里无所谓，只要足够安静便好。

遇见你之后，都是好时光
yu jian ni zhi hou
dou shi hao shi guang

160

　　快要抵达时，天空由晴转阴，不久之后便下起了雨。雨帘射向车窗，再加上泥泞的道路，很是难走。本来预计午后四时到达，却足足推迟了三个小时。她撑着伞在门外等候，待我停好车，便将我从车上接下来，用伞替我挡着风雨，自己倒湿了。

　　她的母亲早已摆好碗筷，见我们走进来，舒了口气便迅速地将用盘子扣着的饭菜掀开。热气顿时冒了出来，像是她们温暖的心意。

　　屋外还是下着雨，我俩像在上大学时那样，躺在一张床上，任凭雨声加入我们的私语。快要迷迷糊糊睡着时，她说朱生豪先生的故居就在离家不远处，明天要不要去看看。我含糊地答应着。

　　醒来后，她母亲已经做好早点。我喝了一碗粥，吃下两块姑嫂饼，胃里的寒气，一点点被驱逐出去，极为温暖。门外不断传来小孩奔跑的声音，是发自内心的欢乐。

　　我提及昨晚说的要去朱生豪先生的故居，她欣然应允。走出家门时，她母亲又追出来递给我们两块姑嫂饼，说是路上饿了吃。

　　尽管粗茶淡饭，却有一种细腻到骨子里的精致。我终于明白，她为何执意要回到家乡来。

一路走走停停，大概四十分钟后，我们来到禾兴南路。

那条路上行人很少，偶有走过身旁的人，脚步也并不迅疾。73号即是朱生豪故居，如若不是门口那尊雕塑，以及门上"朱生豪故居"五个大字，倒让人以为是寻常人家。

那尊雕塑并非只是他一人，而是与他的夫人宋清如一起。他们的脸庞皆微微侧向彼此，深情凝视，像是在喁喁私语，又像是陶醉在彼此的爱情中，全然不顾这条路是繁华或是荒凉。

她站在我身旁，用手指着雕像的基座。基座上是他写给她的情书："要是我们两人一同在雨声里做梦，那意境是如何不同，或者一同在雨声里失眠，那也是何等有味。"

相恋十年，他给她写了九年情书。他被朋友取笑为"没有情欲"的才子，但如今与他不相干的人读他的信，也会感到他笔底的丰盈与辽阔，他爱意的深厚与真挚。

听人说，他当年写信时，凡是想到的事情皆会写入信中，有时一张信纸上只有短短的一句话，有时则写得满满当当，甚至连签名的地方都剩不下。

那时的日子，像书一样被哗哗翻过。再回头看时，那一句句动人的情话皆成了漂亮的插画，时光也就由生涩坚硬变得活泛柔软起来。

写信，在如今看来，是极为浪漫的。但在当时，则多半出于无奈。由于这样那样的缘由，两人时常分别，且一别许久。

遇见你之后，都是好时光
yu jian ni zhi hou
dou shi hao shi guang

162

于是，只得用慢腾腾的邮车给热恋中的爱人捎去些许安慰。恋爱的过程，无论是跌宕起伏，或是素雅如兰，全由他们在深夜的油灯下孜孜不倦写就。

爱情是温热的、绽放着的，纸与笔也就具有了灵魂。

心中再崇尚自由与浪漫，也得回到现实中，脚踏实地地过日子。

相恋十年之后，即1942年，在周遭朋友的提议下，他们终由恋人变为亲人。那一年，朱生豪三十岁，宋清如三十一岁。一代词宗夏承焘为这对新婚伉俪写下八个字：才子佳人，柴米夫妻。

结婚之后，他仍疯魔般地翻译《莎士比亚全集》，对置身其中的世界不闻不问。而她脱下佳人的外衣，心甘情愿地为一日三餐奔走，守着家庭主妇的本分，帮工做衣。当时有人曾准备写一本《宋清如传奇》，她听闻后却觉不值得下笔。与她关系甚好的董桥问她婚后的生活状态，她答得极为简洁："他译莎，我烧饭。"

克里希那穆提曾说："我们都喜欢炫耀自己，都想显示自己拥有一些什么东西。你知道，一朵水仙或是一朵玫瑰，它是从来不假装的，它的美在于它本来是什么样子就是什么样子。"

婚后的日子，是平淡了些。但总是有人能从平淡与琐碎中，发现藏匿在生活深处的美丽。

也正因为此，在没有情书渲染浪漫氛围的婚后生活中，朱生豪与宋清如仍如当初那样爱着彼此。

然而，好景不常在。两年之后，朱生豪因病去世，留下未竟的翻译事业与孤儿寡母。

一个女子，遇到这般恶事，要么跟随他去，要么从此意志消沉。

而她不能。

她手中握着他留下的未曾出版的一百八十万字莎剧手稿，以及一岁多的孩子。她得去做他未曾来得及做的事情，去看他未欣赏到的风景。如此，在生命之灯熄灭时，她才能坦然地躺在他身旁，将一切都说给他听。

就这样，岁月一波波从她身上滑过。幼子渐渐长大，《莎士比亚全集》也得以出版。其间的辛苦，自是旁人无法体会的。而这辛苦，全因了爱。

一切都有了交代。

1997年，宋清如得以与朱生豪在另一个世界重逢。应她的请求，她与《莎士比亚全集》、朱生豪的书信一起下葬。这正应了朱生豪故居门前，雕像基座上的那封情书：

遇见你之后，都是好时光
yu jian ni zhi hou
dou shi hao shi guang

164

要是我们两人一同在雨声里做梦，那意境是如何不同，或者一同在雨声里失眠，那也是何等有味。

从嘉兴回去时，又下起了雨。朋友送给我一把伞。

我想不用多久，我就会来还伞。

虽是殊途，但深情未了

有些影片，总是会一看再看，像是要从中找回一点诗意的情怀，也挽回一点流逝的时间。

记得第一次看《倩女幽魂》，是在初中。与要好的朋友从学校附近借来那张碟，趁父母不在的时候，反锁着房门偷偷看。

看完之后，只是觉得剧中场面甚是热闹，甚至有些鬼魅的害怕。从屋中走至阳台，沐浴在阳光之中时，才猛然感觉到自己生存于真实的世界中。至于那部刚刚看完的影片，就像是吃了一颗不同于往日口味的糖，一点点融化后，也就只是在唇齿间遗留了些许陌生的味道。

自上大学后，无聊时常常找来看，或是独自一人，或是和宿舍姐妹一起。

看时的心境不同，看完之后的感受也不同，如同放在书架上的那部《红楼梦》，每次翻阅都会发现从前忽略的某种情愫。

蒲松龄一部《聊斋志异》，打破了凡人与鬼魅之间的界限。人鬼殊途，本无法共存于一个世界，但蒲松龄聊聊数千字，便能讲述一个情意缠绵的故事。在这些故事之中，《聂小倩》较之《婴宁》《小翠》《翩翩》要逊色很多，而徐克与程小东则以销魂蚀骨的音乐，美妙空灵的画面为烘托，以缱绻柔软的情爱为主线，再加上王祖贤、张国荣淋漓尽致的演绎，留下了这样一部百看不厌的经典。

如今，这部影片几次被翻拍，我也曾找来看。无论其演绎方式如何让人惊艳，但在情绪、氛围、细节、想象力，以及情怀中到底输给了87版。

在87版中，我最爱两个场景，最初与最后。

最初，书中的描述是极为恐怖的，但在影片中，徐克却将其处理得如仙境般空灵缥缈。音乐幽幽地响起，凄然中带着柔情。深夜中，清风起，轻纱舞动，白衣长发女子飘飘然而至。她以女色相诱，为千年树精寻找强壮的男子，在缠绵的瞬间，她脚踝上的铃铛猛然响起。刹那间，阴风阵阵，风

遇见你之后，都是好时光
yu jian ni zhi hou
dou shi hao shi guang

166

云为之变色。

聂小倩就这样在有些阴森，又带着美感的氛围中出场。

每一次，她都迅速得手，毫无差池。偏偏这一次，她遇上傻气固执、至情至性的书生。因而，一场凡人与妖魔的恋爱悄然发生，似乎没有任何预兆。

人鬼情缘，仿佛是经历生离死别之后才生发的爱情，虽然不失香艳风流，到底比常人之间的恋爱多了一些伤痕与疼痛。其中的结局，自是我们都想得到的，无非是分袂与离散，但之所以感动我们，则因了爱情的无界限。

阿贝尔·加缪在《西西弗斯的神话》中写道："一个人只要学会了回忆，就再不会孤独，哪怕只在世上生活一日，你也能毫无困难地凭回忆在囚牢中独处百年。"

世间如此之大，我们喜欢的事物如此之多，但捡拾起往日的回忆时，那些未曾得到过的东西，那些仍存留在记忆中的事物，往往是最美丽的。

所以，你我深深相爱过，却因某些你我无法控制的缘由而不得不放弃的爱情，才是那些平淡无奇的日子里最令人心满意足的点缀。

在那个杳无人迹的兰若寺中，柔弱的宁采臣不贪恋聂小倩的美色，反倒时时想着要护她周全，这在做过诸多恶事的聂小倩看来，已极为不可思议。因而，当她没有像往常那样摇响足间的铃铛时，除了感到震惊之外，更觉荒谬。

在一波又一波浪潮袭来之后，她心中渐渐生出丝丝暖意。爱情，就是这样来得让人猝不及防。她第一次感到，这个她曾经厌恶憎恨的世间，原来亦有温情存在。

比翼双飞，或许只属于人间。书生与女鬼，终究要走上殊途。

聂小倩的宿命，是动情之后，依旧要嫁给黑山老妖。然而，书生柔弱并不懦弱，固执倔强如他，不经思量便决定救女鬼脱离苦海，让其投胎转世。于是，他找来兰若寺的老道士，与他一起降妖除魔。

爱情，只有在合适的土壤才能开出花朵。如若非要执意于在一起的结果，注定要受太多的折磨。想来，深情而不纠缠，热烈而不执拗，大概是最好的爱情观。所谓朝夕相处，日夜厮守，在情缘尽时，终成了禁锢手脚与心灵的绳索。

或许，这便是这部影片的终极意义吧。

最后一幕中，天光渐亮，云雾散开。清晨的曙光透过枝叶零零落落地漏进破落的小屋。

宁采臣慌忙关上窗户，拼尽全身之力挡住阳光，甚至连额

遇见你之后，都是好时光
yu jian ni zhi hou
dou shi hao shi guang

168

头也要用上。于是，他无法转身，亦无法回头。而聂小倩在自己的骨灰坛边徘徊许久，如若跳进坛内，便可再世为人，却要以永不相见为代价。

他垂泪相求，催促她快点跳入。而她几经思量，几次回首，纵身一跃。

他们终究没能见彼此最后一面。

"不许红日叫人分开，悠悠良夜不要变改……"歌声倏然而起，带着些许挣扎的意味。宁采臣回转身来，眼前只有散落的阳光，以及地上的骨灰坛。

再见，原是再也不相见。

艾米丽·勃朗特在《呼啸山庄》里写道："当我忘了你的时候，我也就忘了我自己。"

因而，即便你已走出我的视线，走出我的世界，但回忆做证，惦念为桥，你永远住在我的心中。如此看来，这也算是爱情厮守的另一种方式。

人生路，美梦似路长，路里风霜，风霜扑面干。红尘里，美梦有几多方向，找痴痴梦幻中心爱，路随人茫茫。

人生是，美梦与热望，梦里依稀，依稀有泪光。何从何去，去觅我心中方向，风仿佛在梦中轻叹，路和人茫茫。

人间路，快乐少年郎，路里崎岖，崎岖不见阳光。泥尘里，快乐有几多方向，一丝丝梦幻般风雨，路随人茫茫。

如今，张国荣已到另一个世界，王祖贤也退出了银幕。时间总会带走某些东西，牵扯起我们揪心的疼。但总有些无法看到，也难以触摸的东西，让时光之水急急流过，而自顾自地沉淀在河床之上。

正如张国荣演唱的《倩女幽魂》一样，沧桑低哑的嗓音，道尽了爱情的另一种诠释方式：与其纠缠于厮守到海枯石烂而不得，倒不如洒脱地让对方去该去的地方，而自己守着一抔回忆，一缕相思，让失落与绝望在温热的心中随风而逝。

只要你仍记得我们执手时的悸动，隔得再远，心中也有暖意涌动。

爱情，不就是为了在凉薄的世间寻求温暖吗？

爱神这样告诉我

记得十年前，《似水年华》那部电视剧刚上映时，终日盼着放学。放学之后，把书包扔在床头，就坐在小板凳上边吃饭边看那部电视剧。

看到大结局，发现英小姐并没有放弃台湾的一切，回到乌

遇见你之后，都是好时光
yu jian ni zhi hou
dou shi hao shi guang

170

镇，和一直等他的文在一起，心中着实悲伤了很久。非但如此，我还迁怒于默默，觉得是她阻挡着英和文的幸福。

年岁渐长，前不久再翻出这部电视剧，竟发现自己的注意力转移到了默默身上。她十七八岁的样子，一脸的天真无邪，静静趴在自家的窗台上，望着流淌的河水。她敢于表达爱，也舍得花时间来等待爱，像是提前知晓了爱神的秘密一样，是那样笃定爱的奇迹一定会降临到自己身上。

从喜欢上文，到文握住她的手，将其拉进自己的怀里，她等了很久很久。如若换了旁人，定会丧了气，而她在未等到他的那段时间里，始终守着安静的乌镇，守着自己爱的领地。

还好，她最终等到了。

还好，她等到的这个人，正是自己深爱的人。

不是因为他符合她爱恋的标准，而是因他就是他。

年龄越大，越不喜欢过生日。闺密欢更是如此。年轮一圈一圈长着，身边仍是空荡荡的，冬夜里连个暖手的人都没有。

今年她过生日时，不像往年往时那样隆重热闹，只有我一个人在场。一口气吹灭所有蜡烛后，她像是泄了气的气球，甚至连吃蛋糕的兴致也消失得毫无踪影。

她的二十五岁就这样如约而至，如陌上花一般缓缓盛开。在此之前，我将爱神曾告诉我的话，转告给她，你最适合做的事情就是等待。

等待恋人迈着不疾不徐的步子走来，等待自己以最为恰当的节奏变得成熟。

看着周围的朋友都有了配偶，这一颗静静等待的心也难免急躁慌乱起来。

这种感觉，我是懂的，因我也有过这样一段时光。

突然，就自己一个人了。拥挤的房间，一下子冷清起来，那些成双成对的物什更让人觉得悲凉。最初之时，哪里都不愿去，只是蜷缩在沙发里，饿了就吃些从超市买来零食。其实，又何必用当下刻意制造的难过，去证明当初曾经快乐过。坐等别人来疼，倒不如先疼起自己、爱起自己来。

所以，我不再蓬头垢面，而是在清晨与晚上细心地洗脸护肤；不再随便拿些超市零食对付饥饿感，而是懂得清早要吃得清淡，晚上不忘喝粥，午餐丰盛而不油腻；不上班的日子，就去附近的书店转转，捧着一杯卡布奇诺，翻几页书，心里仿佛有了底气一般。

这样的日子，与其说是在等待爱神赋予自己真爱，倒不如说是在给予自己变得更好的机会。在旧人已经走远，新人尚未抵达时，我只能这样与自己相处，来使伤痛更快地痊愈。

遇见你之后，都是好时光
yu jian ni zhi hou
dou shi hao shi guang

172

我与欢漫不经心地吃着奶油蛋糕，不时嘲笑着她都是奔三的人了。

她说自己倒不是怕老，只是怕老了没人陪。

爱神是不会漏掉世间任何一个女孩的，他之所以迟迟未赶来，是因爱神也在认真挑选。况且路途那样遥远，那样崎岖，即便爱神已将你们的命运紧紧拴在一起，他总需要花些时间才能抵达你身旁。

在路途之中，他要遵循爱神的嘱托与内心的想法，编写独一无二的对白，并在合适的地点，合适的时间出现。

也许你正忙着烤一份面包，而他正在与一个客户洽谈；也许你正翻阅一本小说，而他正在跑步机上锻炼；也许你正为保持光滑的肌肤而早早入睡，而他则在做明日的工作计划。你们在各自的空间里，过着看似不相干的生活，却都为遇见彼此准备着最好的自己。

爱神早已发给了你爱的号码牌，只要你坚信幸福终会来。

当那一天真正来临时，你大可告诉他，在等待的日子里，我没有虚度时日，我不曾觉得孤独，我更未有过放弃的念头。在等待的日子里，我的生活井然有序，所以，站在你面前的我，有着最好的姿态、最丰腴的心灵，以及最饱满的爱。这样的我，该值得你用生命来守护与珍惜。

2007年，五十岁的铁凝结婚的消息，在文化界掀起不小的风波。

在未找到对的人之前，她不是没有过焦急。对于此，冰心曾对她说："你不要找，你要等。"在等到终身伴侣之后，铁凝说道："一个人在等，一个人也没有找，这就是我跟华生这些年的状态。"

《哦，香雪》《麦秸垛》《大浴女》《玫瑰门》《无雨之城》等，皆是她在独自等待的时日里写出的作品。在等到他时，她是最完美的她，不曾辜负岁月，也不曾辜负自己，日后也不会辜负他们之间的爱情。

"这个人就是我要找的，是我一生要跟他相依为命的人。"

一切都已足够。

看着周围的朋友，都小鸟依人般躺在恋人的臂弯里，你也无须急躁。

他或许会迟到，但定然会出现。

只要你相信爱神的话。

遇见你之后，都是好时光
yu jian ni zhi hou
dou shi hao shi guang

174

像一只冬眠的熊，安静地等待

简·奥斯丁在《傲慢与偏见》中写道："我也说不准究竟是什么时间、什么地点，看见了你什么样的风姿，听到了你什么样的谈吐，便使我开始爱上了你。那是好久以前的事。等我发觉自己开始爱上你的时候，我已经走了一半路了。"

我走得那样匆忙，以至于你被我远远落在身后。所以，我得放慢脚步，边欣赏沿路的景致，边等待你赶上来。我承认这期间，要承受思念的折磨，前方的引诱，莫名的猜忌，甚至你刻意的拖延。

但如若最终等到的人是你，这一切酸楚又有什么关系。

在为闺密小甄送行的聚会上，我们几个姐妹由于喝了些红酒，脸上都泛起红晕。

为这次离别，小甄等了五年。

当我们都在黄昏牵着伴侣的手听雨落荷塘时，当我们的时光都被远山含翠的金粉记忆填充时，小甄独自一人等着来自远方的消息。

或许是他太过笃定，小甄定会在原地等他，因而他在另一座城市安心地忙着自己的工作，壮大自己的事业。即便是两人约好了在来之不易的假期里见一面，他也会因临时有事将约会推掉。小甄总是在等待，所以他总是不疾不徐地忙完自己的事情，才想到远方这个心无旁骛等待他的女孩。

周围的朋友，总是质疑这样的等待是否有意义，是否有尽头。而她总是说，既然已经决定将心放进他的手中，又何来讨价还价的能力。心甘情愿地去做一件事，就要为这件事寻一个结果，哪怕这结果与自己的意愿相差甚远。

如若只是等待，或许只会等来苍老的岁月与满是皱纹的面容。值得庆幸的是，小甄在等待之时，不曾忘记自己的存在。一个人旅行，上舞蹈课，游泳，化精致淡妆，也看大量的财经杂志与文艺书籍。她就是这样一边充实着自己，一边等待着远方坚定的呼唤。

在这些年中，她比我们任何一个人都孤独。但她并不觉得孤独是一种羞于说出口的尴尬，只因在那些孤独的时刻，她总是能专心地注意自己的感受，不受拘束地做自己喜欢的事情。

于是，当他告诉小甄，他已经将一切都准备好，只待她过去时，她心中只有欢喜，没有惊讶。反倒是我们几个，在听闻这个消息时，眼神中满是诧异。

那些他赠予她的空欢喜，如今在她充满笃定的等待中，都

遇见你之后，都是好时光
yu jian ni zhi hou
dou shi hao shi guang

176

变成了真切的爱情。她把自己打磨成了自己渴望成为的女子，正是这样的她彻底打动了他。

我们从那家餐厅出来，已是深夜。深秋的风，虽比冬日柔和些，到底是凉了。

小甄在坐上出租车之前，和我们每一个人挥手告别。已经慢慢走了这么些年，如今她终于可以快步向前跑了。途中的景致，她已然记在心中。拨开层层云雾，前方应有更为美丽的风光。

走在回家的路上，我忽然想起《漫长的婚约》那部影片。影片中的爱情，没有轰轰烈烈的感情纠葛，只有涓涓流动的情感，以及不顾一切要等待心爱之人归来的信念。

大战之后，Mathilde没有看到未婚夫归来，亦不曾听闻任何有关他的消息。在足够久的等待后，未婚夫仍是毫无音讯，她决定带着美好的回忆去寻找她所挚爱的人。

走过万水千山之后，在影片的结尾处，Mathilde终于找到了他，即便那时他已经失去记忆。再次相遇，她对他而言只是一个陌路人，但她还是穿上最漂亮的衣服，走过几道门，跨进花园。在看到他那熟悉的背影时，她悄然停止脚步，与他保持着恰当的距离，深情地望着他。而他回过头来，放下手中的东西，对她说道："他们告诉我你叫Mathilde，你的名字很美。"

那一刻，他的笑容烂漫似山花。

那一刻，她哭得梨花带雨。

在日后的岁月中，她会陪着他，静静等待他想起自己，或是等待他重新爱上自己。

那些与等待有关的时光，像是阳光透过槐树留下的半墙阴影，明暗参半。在等到对方的许可之前，我们注定要忍受那些如梅雨般潮湿的心绪。幸好，到了最后，所有混沌的情愫，终会成为过去。

就像《归来》中的冯婉喻，在静默的等待中，强忍着思念的吞噬，度过一日日没有他陪伴的时光。

渐渐地，她老了，头发花白，睡意昏沉，身患重病。即便如此，她仍如朝圣者那般，等着陆焉识回来。许多年后，他带着满身的沧桑回来了，然而，在火车站等待他的冯婉喻，早已不记得他。

那一刻，他已经决定，要弥补自己亏欠她的爱情。

繁华落尽时，一切都显出了其最为本质的面貌。冯婉喻与陆焉识各自怀着热烈而坚韧的爱情，决心要在永恒的等待中，一起度过余生的岁月，直到生命尽头。

他们没有辜负等待的时光，生活也在最大限度上给予了他

遇见你之后，都是好时光
yu jian ni zhi hou
dou shi hao shi guang

178

们完满的回馈。我想，有着清醒意识的陆焉识，对这样的安排，是心存感激的。

小甄离开之后，我们经常通过微信联系。

看得出，她苦苦等来的爱情，并没有束缚住她的手脚。她仍保持着旅行的习惯，有时是独自一人的身影，有时是两人的浪漫之游。想必那些舞蹈课、游泳课，以及每天化精致淡妆的习惯，她也都不曾舍弃。

对她而言，他能否给她全世界，从来都不重要。重要的是，他允许她以自己的方式生活，并与她一起去看这个世界。

这便是她静静等来的结果。

穿越花样年华去爱你

2014年9月15日，奥地利维也纳美泉宫举行了一场奢华而盛大的婚礼。

之所以引起轰动，并非因为新娘与新郎是王公贵族，或名流明星，而是因为他们之间相差将近六十岁。

新郎是脾气古怪的富商理查德·鲁格纳，已经八十一岁；新娘则是一个年轻漂亮的金发女郎凯茜·施密兹，仅仅二十四岁。

婚礼当天，场面热闹非凡。亿万富豪理查德·鲁格纳斥巨资为新娘举办了一场童话般的婚礼，新娘凯茜·施密兹性感无比，镶满珠宝的抹胸上衣配着拖地的紫色雪纺裙，金黄色的秀发缀着白色头纱。她坐在四匹利普资安马牵引着的马车上款款来到婚礼现场，宛如迪斯尼电影中的女主角，现场的侍者亦是身着德国传统服饰，颇有童话氛围。

无论是祝福的人，抑或是前来看热闹的人群，皆为这场跨越了年龄鸿沟的婚姻惊讶不已。

婚礼之前，凯茜在接受德意志新闻社采访时说道："我们并没有刻意想要爱上对方。但是，爱情就这样来了。爱与年龄无关。"同样的，理查德也曾在受访时承认两人在年龄上的差距，但他仍这样说道："除了年龄差得大一点，其他都很相配。"

许是生活太过平淡，总需要旁人的事迹来激起一层层涟漪，以便告知自己并非生活于死水之中。

因而，置身事外的你我，在他们相恋并结婚的消息传出时，就踮着脚尖张望着。说是祝愿有情人终成眷属，到底是在看一场奇闻与热闹，甚至于对其发出这样那样的质疑，或是苛责。

即便看到当事人甜蜜拥吻，仍像能预测未来的人那般，指

遇见你之后，都是好时光
yu jian ni zhi hou
dou shi hao shi guang

180

摘这段婚姻无法长久。

其实，这样责难于旁人的爱情，又何必。

爱情没有明确清楚的定义，不受限于任何规则，所以唯有深切爱着的两人，才有资格与权利决定这段爱情的走向。当他们的脸上荡漾起浪漫的笑容时，谁就能说，他们并非是幸福的呢？

确然，凡事皆有藩篱，有围墙，但是，人们之所以设定种种规则与框架，想必皆是为了避免受太多的伤害与折磨。如若这些规则非但未能止损，反倒阻碍着你我追寻幸福，也便没有存在的必要与价值。

山本文绪在《蓝另一种蓝》中写道："一个人幸福快乐的根源在于他愿意成为他自己。不要去做假若当初做了另一种选择这种无意义的假设。你手里握着的，你所厌倦或者习以为常的，或许正是他人渴求的。所以要快乐，要感恩，要安静地享受现在拥有的一切。"

理查德与凯茜，之所以相恋，并不顾世俗眼光勇敢结为夫妇，皆源于他们愿意遵循着自己的心意，找到最适合自己的生活方式。以最本真的自己，欢愉着度过时日，是他们最热切的期望。

理查德作为奥地利建筑大亨，在维也纳以其购物商城

Lunar City而享有盛名，但更让他成为焦点的则是每年都会邀请名媛作为自己的舞伴，参加维也纳歌剧院举办的舞会。在这些舞伴中，有拉奎尔·韦尔奇、帕米拉·安德森、金·卡戴珊等。

因而，他的一言一行，皆在人们的注视之下，稍有不甚，便会引来滔天言论。

这场有着巨大年龄差的婚姻，更是让他成为聚光灯下的主角，眼中神情，脸上表情，皆在记者犀利的文字和摄影师高清的像素中被夸大。甚至于他昔日的生活，也被人们如数家珍般倾倒而出。

的确，从他曾经有过四次失败婚姻的经历来看，他是一个极为明显的婚姻悲观主义者，认定再深厚的感情，也会被婚后琐碎的日子磨损得不堪入目。但悲观并不代表放弃，每当遇见自己所心仪之人时，他亦会勇敢去追求。

结局，谁都无法左右。但过程的热烈或是枯寂，皆取决于自己的生活姿态。

因而，当他遇见与自己情投意合的凯茜之后，便毫不犹豫地追求她。幸然，凯茜亦是性情女子，心中并无诸多条条框框的束缚，清楚自己的心意后，并未像旁人想象的那样，她未曾躲避，也不曾惧怕，而是给予对方热情的回应。

他已是垂暮之人，仍旧相信爱情。她正值锦瑟年华，希冀

遇见你之后，都是好时光
yu jian ni zhi hou
dou shi hao shi guang

182

遇见一段唯美爱情。在这般情境之下，两人的结合可谓是顺理成章。尽管，他们背后有着无数争议。

在婚礼当天，理查德亲密地挽着自己的新婚妻子说道："我们的婚姻，充满希望。"

悲观主义的他，又向爱情与婚姻做出了一次尝试与探险。

在追逐幸福的海域中，他与凯茜最终撇下众人的非议张帆起航。在前行中，他们或许会遇到风潮、暴雨，致使帆船上下颠簸，甚至随时有船翻人亡的危险，但谁又愿意为了保住一时的安稳而放弃追逐对岸的绚丽景致。

每一段爱情，都有着独特的魅力，吸引着我们走过茫茫的沼泽地，去寻找属于自己的幸福。

世界并非我们想象中那样顽固，更多的时候是我们心中的执念禁锢着我们的手脚。爱情中存在巨大的年龄差距并不是症结所在，更为重要的事情在于如何在这段饱受非议的爱情中去爱对方，以及如何通过爱情成为更好的自己。

这场童话般的爱情，其寓意所在，该是让人在受过多次伤害之后，仍坚定不移地相信爱情。

身处泥潭也好，置身于流言中也罢，无论在何种情境中，都该顽强地笃定幸福终会叩响门扉。而你只需按照自己的心意活着，在门铃响起时，毫不犹豫地去开门便好。

最美不过有人懂

有段时间，下班之后，同事渐渐走尽，我的电脑屏幕长时间地亮着，里面存着还未完成的稿件。走至窗边，站在大厦顶层向下望去，只觉霓虹灯格外疲惫，却强睁着双眼。车流与人流穿梭如常，像是一条永不会干涸的河。还有，街角处那家24小时便利店，不顾白天与黑夜的交替，执拗地坚守在原地，任面无表情的人们走进又走出。

凉风灌进心里，进而肆虐地蔓延至全身。

打开手机，看到微博里有这样一条问答：如若可以选择，你愿做男人，还是女人？我苦笑一下，如果过得快乐，无论做男人还是女人，都是好的。但假若为情所困，做哪一种又有什么区别？

用手点开紧跟问答后面的评论，偶然间看到一个于我而言最为干脆精妙的回答：我想做一只猫，可以根据自己的意愿，随时留下，或是走开。

而这不过是一种完美的理想主义状态，因有情的羁绊，任谁都无法做到如此潇洒自如。就像当时的我，在情感的泥沼里越是挣扎，便陷得越深。

遇见你之后，都是好时光
yu jian ni zhi hou
dou shi hao shi guang

184

在爱情里，男人总说女人过于感情用事，总是煞有介事地将点滴小事置于放大镜下来看。他不知，她如此强烈的占有欲，是为了抓紧眼前这个深爱的男人，更为抓紧安全感。

记得Ｗ·Ｈ·奥登曾说过："若深情不能对等，愿爱得更多的人是我。"我们并不介意，谁比谁爱得更多，我们介意的是，你对我是否足够坦诚，是否懂得照顾我的感受，以让我的心安稳地放在胸腔里，以使我笃信我的每一步都在朝着幸福迈进。

只是，这样简单的愿望，通常都难以得到满足。

那一天，我完成了工作，且又逢第二天是国庆假日，便得到领导的许可，早早下了班。下班路上，恰要经过男朋友的公司，我便在公司旁边的商场里消磨了些许时间，等他下班一起吃饭。

夏以上，秋未满。六点的夕阳，已然沉下去。天色渐浓，华灯初起。

半小时之后，我看到他走出公司的转门。只是，他并非一个人，与他同行的还有他的前任女友。他们看到站在门口的我，刚刚那自然而舒心的笑容，也在那一刻显出些许尴尬。

坐在餐厅里，他笨拙地向我解释，她是前不久才到公司的，之所以没有告诉我，是怕引起不必要的误会。而我始终未给予回应，只是低头不语，明明心不在焉却假装专心致志地吃着好久不吃的云吞面。

这般解释如若放到事情发生之时，我想我不至于如此责难他。假如真是如此，想必我也会感激他懂得尊重我的感受，在乎我的想法，愿意站在我的角度上处理问题。

然而，他只是选择掩饰自己的隐私，害怕面对伴侣的失望，甚至是质疑。

爱情与勇气亲密无间，当勇气渐渐消散时，爱情又凭借何物而得以支撑？

周末和英坐在奶茶店里，随便聊着各自的近况。因最近发生的事情，心中百般滋味，话比平时少了许多。英觉察出我的异样之后，也不说什么，只是与我一起沉默，等我主动向她倾诉。

奶茶将要见底之时，我终于决定要将近来的事告诉她，并且尽量做到平静叙述，不掺杂任何主观情绪。待我讲完后，她并未做出谁对谁错的结论，而是说她一个朋友，也遇到了类似的事情，不同的是，当女生问起时，她男友非但没有给予任何解释，反而摆出一副"每个人都该有自己的隐私"的自卫姿势，全然漠视她的感受，且将感情几近破裂的责任推到她的身上。

遇见你之后，都是好时光
yu jian ni zhi hou
dou shi hao shi guang

186

每个女人都愿意坐一次浪漫的旋转木马，却在坐上那一刻才后知后觉地明白，音乐停下来时，我们只得离场。

于是，她在挣扎过后，最终离开了对方。他不懂得照顾她的感受，而她也只得做出他并不理解的决定。

素黑说道："成熟的恋人，会对自己向伴侣种下的合理期望负责任，即使无法实现，也应交代，照顾对方的感受，避免伤害对方。"

只是，人们的欲望总是无法得到满足，总希望得到的比需要的更多，却不知爱情的真相是失去的比得到的更多。

由于隐瞒与脆弱，我们走散在人群中。留下的伤疤渐渐愈合，我也很少在下班之后，用很长的时间去看川流不息的车辆与筋疲力尽的霓虹。

启齿坦言并非易事，但如若以逃避的方式任其不了了之，日后终有一个时刻，会让我们措手不及地承受爱情里那些盛大与无常的交替。

始终无法忘记，现今与我携手的男子，当初拿着一枝百合站在我面前求得我的许可，说出一段让我动情的话后，又认真而难为情地告诉我，他仍旧留着前任的电话号码，但早已不再联系，希望我不要介意。

那一刻，我泪意涌动，却笑得那么灿烂。

那一刻，水波温柔，太阳强烈。我们活在这坦诚的爱情里，活在这珍贵的人间。

路途遥远，要记得天涯有人在等你

前些日搬家，收拾旧屋时，忽然从锁着的抽屉里翻出了旧日的照片。照片已经泛黄，边角也有些皲裂，上面人物的笑容倒还如往时那般灿烂。

拍拍落于其上的灰尘，尘埃泛起之时，像是透过朦胧的烟霭，看到了那段两人身处异地的青涩岁月。

张爱玲说："照片这东西不过是生命的碎壳；纷纷的岁月已过去，瓜子仁一粒粒咽下去，冷暖自知，留给大家看的唯有那狼藉的黑白的瓜子壳。"这话说得没错，但到底是冷酷了些。醉酒之人才知酒的浓烈，深爱之人才懂得情的深重。照片作为脑中记忆唯一的证据，带来的温暖与怀念自是比凉薄与痛楚多一些的。

照片中的我和他，都是淡淡地笑着。这是我们曾经在一起过的唯一证明。

那时，我们分隔两地，隔着五个小时的火车车程，差不多

遇见你之后，都是好时光
yu jian ni zhi hou
dou shi hao shi guang

188

一个月见一次面。即便是见面，相处的时间也不过是两三天，还未来得及将积淀的思念诉尽，火车又催促着我们说再见。平日里，都是靠电话牵系着。

更多的时候，觉得好像是自己跟自己恋爱。一个人吃饭，一个人逛街，一个人看电影，一个人K歌。什么都是一个人，生活中那些碎片化的多愁善感，也都要一个人默默承受。纵然拨通了电话，我说的琐事，他觉得无关紧要，而他说的所谓大事，我又不能感同身受。

可即便如此，我们还是觉得彼此是相爱的，也会在某个时刻忽然感到思念汹涌而至，抛下手中的事务，跑到火车站买一张票，来到对方的城市。

听了太多异地恋以分手作为结局的故事，心中不免有某种隐忧，但我们仍存着一丝侥幸，觉得自己定然是个例外。正如徐志摩所说的那般："谁都以为自己会例外，在后悔之外。谁都以为拥有的感情也是例外，在变淡之外。谁都以为恋爱的对象刚巧也是例外，在改变之外。然而最终发现，除了变化，无一例外。"

漫长的时间，遥远的空间，以及无望的相守，终让我们觉出了疲惫与倦怠。

我们到底做了例外的逃兵，这让我无比懊恼。

那段时间一直找来关于异地恋的影片来看，在别人的故事里，流着自己的眼泪。

最爱看《周渔的火车》中，巩俐穿着半身裙，裙摆拍打着小腿。火车颠簸着前行，巩俐饰演的周渔怀着憧憬的美好心情，去看在另一镇上做图书管理员的陈清。

为爱往返两地时，她好似爱的化身，看不见窗里窗外的风景，心中只装着路途终点的那个人。独处时，她就做陶瓷，涂抹之间，仿佛触摸着恋人的肌肤。

我总觉得这场恋爱，只是属于她自己的一场幻觉。幻觉消失时，她就该离开了。

踏在云上看风景，难免会失重落下，最终各奔东西。她终究没能留下来，这一路的奔，终是辜负了自己。

如今，看着眼前偶然翻出来的照片，再想起那段时光时，心中尘封的懊恼与愤恨，竟然被袅袅攀升的暖意掩盖了。

我不禁想，若是当时我再坚持一下呢，或许就是不一样的结局。周渔如若再多坐一次火车，或许就会永远留下来。

天涯有人在等，然而我们已懒得再起程。那时的我们，还年轻得不懂如何去与巨大的空间抗衡，只是任性地将自己的多愁善感渲染得惊天动地，而不顾对方的感受。

命运的棋盘变幻莫测，所谓的布局，其实只是自己一意

遇见你之后，都是好时光
yu jian ni zhi hou
dou shi hao shi guang

190

孤行。我们永远不知道，下一步棋会带来怎样翻天覆地的改变。

正当我拿着那张照片愣愣出神时，男友走过来，递给我一杯加了糖的速溶咖啡。

透过咖啡冒着的热气，我看到他脸上灿烂的笑容。外面的阳光透过纱窗漏进来，铺洒在有些狼藉的地板上。

岁月有着自动填充人们记忆的功能，那些已经染了过往风霜的记忆，总会被新的记忆所覆盖。覆盖了诸多烦恼，也剪断了诸多牵挂。我们同时光一起向前走着，走向未知的幸福，这样总归是好的。

曾经坐上火车，越过万水千山，本想靠近一个人，最终却错过了一个人。还好，那次之后，我并没有停下脚步，因为我明白下一个天涯之处，有另一个人在等。

因而，在走这千万里路程之时，我过得并不消沉，也并不觉得孤独。只因，我不愿与你相遇是为了填充我的空虚。

当你出现时，我知道我喜欢你，你也喜欢我。我们未曾将彼此当作救命稻草，只是单纯地用喜欢触碰着喜欢。

蝴蝶破茧需要付出代价，我想上天给了我们这样的幸运。

电话铃声在咖啡将要见底时响起，燕子告诉我，她的男友今年军校毕业，她将要在六月份辞掉工作，去他所在的城市。

长达五年的异地恋终于圆满落下帷幕。我不知为何在祝福她的时候，说着说着就带了哭腔。

眼泪是留给昨天的，今日的你我该为明天的起程收拾好行囊。

留不下的也带不走。

我将旧照片放回抽屉，像是不曾发现过一样。

记住爱，
记住时光

爱，是并肩站在一起，触碰所有美好与伤痛的时光。

而无论哪一种时光，都值得用心去铭记。

当岁月原谅我们的幼稚

《春光乍泄》里，何宝荣对黎耀辉说：

"不如我们从头来过？"

走过时间的险滩，曾经相爱的两人再相逢，是不是真的会如初见，再次怦然心动，将昔日的恩怨情仇、爱恨癫痴通通一笔勾销，牵手走过漫漫余生？

最后，黎耀辉独自站在伊瓜苏大瀑布前，任瀑布的激流打湿自己，分不清流淌在脸上的是水，还是泪。那一刻，他明白，他们再也无法从头来过。

开车自驾游时，每当在路中看到那些U形掉头路标时，总天真地希望，回转方向盘向相反的方向开去，便可以回到最初。

我把这个想法告诉坐在副驾驶位置上的闺密时，她粲然一笑，半是调侃半是认真地说道，只要你愿意转弯，就能回到路的原点，只是不知能不能回到感情的原点。

听完闺密的话，我没有继续与她搭话。表盘的公里数在不断增加，前方之路无限延伸，回头已隐退在雾中。我拧开电台，里面传出王菲历经沧桑后的空灵嗓音："看，当时的月亮，曾经代表谁的心，结果都一样。看，当时的月亮，一夜之间化作今天的阳光。"

曾经以为，只要足够相爱，便可以在时光里肆意妄为，哪怕任性，哪怕耍赖，都可以取得完满的结局。而后，当彼此渐渐消逝于对方的生命里时，才恍然明白，当晚那个洒下清凉光辉的月亮，只属于彼时彼刻，照亮今晚庭院的月亮，与那晚没有丝毫关联。

可是，即便如此，我们还是希望那些深藏青葱岁月里的往事，会在经年之后，重新上演；希望那个刻在我们心上的人，在峰回路转之后，得以相见。

拜伦在《春逝》中写道："若我会见到你，事隔经年。我如何和你招呼，以眼泪，以沉默。"向对方哭诉分别之后的颠沛流离也好，在某个咖啡馆沉默着看玻璃窗外的人群与车流也罢，无论是哪种方式，只要彼此心中尚有昔日的情意在，这趟百转千回的旅程，或许会觅得在某个港口靠岸的结局。

即便不能如初见那般，从头来过，至少我们不再任性，而是愿意在时间的洪流中，静看细水长流，为彼此取一瓢温暖。

关于王菲与谢霆锋复合的消息，一度在网上传得沸沸扬扬。几张偷拍来的接吻轮廓，似乎成了他们复合的铁证。当事人迟迟未曾正面给予回应，人们更理所当然认为他们是在

遇见你之后，都是好时光
yu jian ni zhi hou
dou shi hao shi guang

196

默认。

朋友圈中，继王菲与李亚鹏离婚后，又涌起一波有关王菲爱恋的浪潮。有人欢喜异常，说又相信爱情了。有人则愤怒不已，替张柏芝垂泪。

其实，那些为之惆怅的人，又何必如此苛刻？且不管这消息是真是假，只觉得十四年之后，两人再度重逢时，早已不是当初的那个人，他们都在时光的磨砺中，磨掉了些许棱角。此刻的他们，更懂得以一颗稍显成熟的心，去处理对待这份久别重逢的感情。

此刻的谢霆锋，不再是当年那个脾气暴戾、痛打记者的"纨绔子弟"，经历过一场婚姻之后，他知晓经营一个家庭的不易，也懂得维护感情的艰难。再加上演艺事业的蒸蒸日上，他可说是正迎来了属于一个男人最好的时光。

在相遇时，他已经成熟，她仍然很美，两人决定携手，虽在意料之外，又好似在情理之中。不必说什么从头来过，只要紧握着对方的手，从此看人间细水长流就好。

也有人会问，万一他们之间的恋情，又是昙花一现呢？

谁也无法为一段爱情贴上"永生相守"的标签，如若心中藏有太多的未雨绸缪，必会模糊当下的美好。所以，在终点尚远时，只需最大限度地享受手中所拥有的，至于其他的，就暂且将其交给命运。

　　想必每个文艺青年，都看过理查德·林克莱特的"爱在"三部曲。在三部曲中，杰西和赛利娜相爱，分袂，再度相遇，再度离散。挡在他们中间的，是漫长的流年。尝尽人生酸涩与香甜滋味的他们，终在错过与过错中，认识到彼此对自己生命的重要性。于是，在历经万水千山之后，他们决定再不放开对方的手。

　　我们是否会相爱如初？

　　恐怕不会。

　　但也不必为此就苛责对方，甚至质疑爱情。当初那份浓烈与热情退却时，我们终将迎来更为平静的相处时光。也唯有此时，我们才有资格将彼此视为自己的亲人，做到真正意义上的生死相依。

　　岁月日益深沉，逐渐原谅了我们的幼稚。如若有朝一日我们得以相逢，彼此心中尚有柔情蜜意，那就让我们抛开世俗的偏见，抛开往日或甜蜜或酸楚的回忆，重新并肩走在一起。不求从头来过，只愿温柔相待。

　　如若我们自始至终皆在各自的天涯里行走，不复再见，那就让我们放下心中的执念，相忘于江湖。

遇见你之后，都是好时光
yu jian ni zhi hou
dou shi hao shi guang

198

离开记忆月台

"Mind the gap."

在伦敦地铁站，Margaret McCollum与丈夫Oswald Laurence初次相遇时，他这样提醒她。她被这个细心的男人所打动，并与之相恋，最终两人成为令人艳羡的夫妇。

1950年，由Oswald Laurence录制的那一句"Mind the gap"开始在伦敦地铁北线播放。

2007年，Oswald Laurence因心血管疾病去世。每当思念来袭时，Margaret McCollum便坐在地铁站里，从那三个单词中，回忆他们在一起的时光。"我知道就算他走了，只要我想他，我随时可以走去听他的声音。"她这样说。

于是，地铁站里时常出现她的身影。然而，当地铁装上新系统后，Oswald Laurence的声音便被新的声音所代替。自此之后，她再找不到来这里的意义。

有一天，她再次走进了地铁站。与往常所不同的是，她提着一个行李箱。正当她要迈进车厢时，那句熟悉的"Mind the gap"重又响起。那一刻，她停下脚步，眼中泪意涌动。列车员走来，告诉她，伦敦交通局在听闻他们的故事后，便决定换回Oswald Laurence版本的"Mind the gap"。她感动地向他道谢。

列车员问她，是否还是决定要走。她笑着回答，是的。

丈夫去世已成事实，她总不能永远停留在原地，停留在悲伤的惯性里。

这个真实的故事，后来被拍成金士顿的广告片，名为《记忆月台》。

当看到Margaret McCollum提着行李箱，走进车厢时，我竟掉下泪来。这个打算守着回忆度过余生的老奶奶，终于决定开始过属于自己的生活了。

伍尔夫在给丈夫的遗书中写道："让我们记住共同的岁月。记住爱，记住时光。"然而，记住并不意味着只是活在回忆中。

况且，在多半情境之下，记忆并不可靠。它总会在某种程度上被美化，或被歪曲，以夸大当初的美好和当下的寂寥。

与其在回忆的旋涡里挣扎、沉沦，倒不如收拾微薄的行李，重新踏上一条路。带着回忆去看新的风景，总也比像井底之蛙那般将小小的一片天当作整个世界好。

天早已换成了另外的天，你又何必固执地守候着原来那

遇见你之后，都是好时光
yu jian ni zhi hou
dou shi hao shi guang

200

朵云。

如今齐秦一脸幸福地向众人说着，他的妻子是如何温婉懂事，他的儿子是如何可爱顽皮。每当此时，爱挖独家新闻以增加收视率的记者，总不忘提及与他恋爱数十年的女神王祖贤。

女神王祖贤，每次出镜总是一副不食人间烟火的样子。白衣蓝裙，姿态优雅，那不经意间的一笑，更是瞬时就夺了众人心。与这样美的女子恋爱，自是备受大家瞩目。更何况齐秦虽有一副触动人们心灵的歌喉，到底算不上可让人一见倾心的美男子。两人因拍摄一部电影而初次相见时，王祖贤竟还曾因对方的相貌，而显得极为不满。

齐秦能俘获女神心，且与对方缠绵数十年，终究是因了那细腻到一丝一毫的温暖与体贴。纵然十年之中，两人难免磕磕绊绊，但世间哪一件事不曾有过瑕疵呢？

本以为爱情长跑之后，他们会牵着彼此的手，走进爱情新的阶段。说到底，这终究是人们的一厢情愿。最终，他们止步于此，挥手说再见。

在那段时间里，齐秦仍旧站在聚光灯下闭着眼睛唱着情歌，王祖贤依然是一脸迷人的淡淡笑容。一切仿佛都与往日无异，但他们在人们看到的镜头之外，定然有过挣扎、悲伤、思念，甚至是想要再次牵手的冲动。

你所乘坐的列车，已经开走。

你时常怨恨自己的迟到，或是列车的不守时，而并非离开原地，去寻找另一辆能载你抵达目的地的列车。

因而，当旁人都在惊叹终点的美丽景致时，你却一脸落寞地守着原地的落叶，想念枝叶繁茂的春日。

殊不知，春日仍会到来，如若你愿意从往事中抽出身来，重新起程。

在许久的挣扎过后，齐秦与王祖贤终踏上了新的人生轨道。

每当记者提及对方的名字，他们都是笑着给予祝福。

无须花费额外的时间与精力去忘记对方，而是即便不舍也要往前走，在感念对方给予自己那么多美好记忆的同时，主动去迎接与建立更多新的记忆。

每当在街上看到两位白发苍苍的老人相携着走过马路时，我总会想起独自在世间行走了这么多年的奶奶。

爷爷去世时，父亲才十二岁。本来稍稍富裕的家庭，一下就冷清与贫困起来。除却要承担失去伴侣的疼痛，奶奶更要凭着一副柔弱的肩膀，担起三个孩子的成长。

那时，对于奶奶而言，生活是苦的。至于爱情，更是无从谈起。

遇见你之后，都是好时光
yu jian ni zhi hou
dou shi hao shi guang

202

　　梅雨总有停的时候，奶奶也总不能那样阴郁下去。等到三个孩子都成了家，她终于决定过真正属于自己的生活。

　　在院中的大树下拿着收音机听戏，到村中桥边和老人聊天，在庙会上买回自己喜爱的围巾，到邻村看望上学时交的朋友。虽然她的步子越来越迟缓，身体总归是硬朗的，心情也是明丽的。

　　每当我回到家，看到奶奶自顾自地哼着她那个时代的曲子时，觉得那样的她，总是美的。这美与容貌无关，而只关乎对待生活的姿态。

　　我想，她也会时常想起祖父，但她更懂得享受当下的欢愉。唯有此，想起祖父时，她才觉得安心。

　　生活远不是我们想象中的样子，它更残酷，更无常。而我们能做的，只能是在这变幻莫测中，开辟出一条新的路，像以前那样将新的风景摄入眼中。

　　记忆再美，终究不能取暖。我们都应当是为未来而生活的人。

莫要困于昼夜、厨房与爱

一部《甄嬛传》捧红了香港演员蔡少芬。除却演戏，当被问及家庭生活时，她更是毫不遮掩自己的甜蜜爱情，满是骄傲地向大家一一细数对方的优点。在蔡少芬眼中，丈夫一切都是好的。如今有了两个孩子的她，仍时常在微博上晒出与丈夫的甜蜜照。

人们不禁生出诸多疑问，当初这对不被看好的姐弟恋，是怎样使自己的爱情始终处于暖意横生的春季？当孩子占据他们生活的大部分空间与时间后，他们又是怎样不被琐事所击倒？

而后，看到一篇有关蔡少芬的报道后，我终于明白了她的爱情哲学。她坦言道，有了孩子之后，她确实少了很多业余时间。但每当拍戏回来，看到孩子欢喜地向自己跑来，身心的疲惫瞬间便放下了。只是，这种放下并不是将所有的时间都分给孩子，假若真是如此，她便没有了自己的生活，也无法更好地维系自己与丈夫之间的爱情。

《一代宗师》里，在大雪纷飞之中，宫二将内心深藏多年的情愫，吐露给叶问："想想说人生无悔，都是赌气的话。人

遇见你之后，都是好时光
yu jian ni zhi hou
dou shi hao shi guang

204

生若无悔，那该多无趣啊。"

只是，多半人，倒要倾尽全力去做一个无悔之人。自己童年欠缺的，都要让孩子得到补偿，心甘情愿要将所有的时间挪到孩子身上。然而，孩子并非婚姻的全部，也不应该是全部。

世间凉薄至此，岁月残酷冷漠，走进婚姻中的女性，已然失却了本该有的绚烂年华，如若只是将自己渺茫的希望与仅剩的时光寄托到孩子身上，人生即便无悔，也是无趣。

生活被琐碎之事一点点填满时，心中难免生出无力感，甚至无望。那些深藏在心中的苦衷，无法倾吐给最爱的人，以免让对方倦怠与生厌。如此情境之下，我们更有理由被爱抚，被关注，允许保留自己独享的时光。

而被温柔相待的最佳途径，想必唯有让爱情持续保鲜，看得到伴侣眼中的疼惜与爱怜。

只爱自己的影子，或是只做别人的影子，都不能称得上是一种合理的生活方式。爱得不够，或爱得太过，都有损于彼此之间的感情。

在一定的距离中拥抱生活，生活才会报之以歌。

我的母亲勤劳而朴实，似乎一生的使命便是照顾我们这三个孩子，以及做那永远做不完的家务。地板一尘不染，桌子崭新如初，院落整洁有序，孩子也按照她的期望渐渐长大。而她眼角与额头则堆起皱纹，与父亲之间的话语也越来越少。

我从未见她与父亲挽手走出家门，也从未见他们坐下来好好说说心里话，即便是眼神不经意间撞在一起，也会迅速转移。生活如此忙碌，他们也极少花时间去揣摩对方的情绪与心思。

在我眼中，他们并非彼此感情上的伴侣，而是有着明确的角色分工：孩子们的母亲与父亲。除此之外，再无其他。

如今，孩子们的翅膀已足够坚硬，能抵挡住温室之外的强劲之风。于是，我们渐次走出母亲的视线，走出对母亲的依赖，走到了外面的世界中。

坐在开往远方的列车上，我回望母亲的身影，是如此娇小，风吹乱了她夹杂着些许银丝的头发。列车转弯那一刻，我恍然看到母亲与父亲的手，紧紧扣在一起。瞬时间，我泪如雨下。

他们都老了，这仿佛是一瞬间的事情。在过去的岁月中，他们以夫妻之名共同生活，扮演着抚养孩子的角色，不懂爱情何为，不知自我何为，记忆中满是孩子笑了哭了。深夜自问，这样的琐碎生活幸福吗？答案并非定然是否定的，只是这种为孩子而活，不给自我与爱情留下点滴空间的幸福，想必是涩的，是苦的，是遗憾的，是无奈的。

遇见你之后，都是好时光
yu jian ni zhi hou
dou shi hao shi guang

206

好在，这样的日子过去了。余生的时光，他们可搀扶着老去，善待自己，也关心对方。清早一起晨练，傍晚一起散步，时常说说心底的愿望，并计划着去实现。孩子们打回电话来，母亲连连说着，家中一切都好。

其实，这样的生活，不必等到现在才开始的。在孩子们仍围绕在身边的岁月里，她就该懂得为自己保留一些"生活在别处"的时光，不必辞去自己喜欢的工作，不必放弃自己的兴趣爱好，不必丢掉渴望已久的旅行。

如此，孩子们才不至于太过依赖没有雨露与狂风的温室，夫妻之间的感情也不至于冷淡如寒冰。

有人曾说，未婚女人和已婚女人的差别在于，前者还在布置橱窗，后者已经结束营业清点账目了。

未婚女子将全部的精力皆倾注于浪漫的爱情之中，以美而娇的鲜花来点缀，以轻而柔的音乐为衬托。在用心经营的小店之中，没有旁的事物来叨扰，唯有以我心换你心的两情相悦，这般氛围自是令人身心愉悦。

然而，结婚之后，她不再是拿着紫青宝剑的紫霞仙子，他也不再是踏着七彩祥云而来的盖世英雄。孩子的到来，也让梦幻的一切都跌回现实中。因而，当初那个精心布置橱窗，想要开一家醇香弥漫的咖啡店的女子，如今拿着厚厚的账簿，给当下琐碎的生活小心翼翼地分配时间：用多久陪孩子，用多久擦地板，用多久做饭，用多久洗衣服。她舍不得拿出丁点儿时间来给自己，也舍不得拿出些许时间投资爱情。

最终的结局是，你在你的世界里踟蹰徘徊，我在我的世界里冷暖自知。

在回家的列车上，我靠窗而坐，窗外的风景一幕幕倒退。耳机里的歌声，略带沧桑的质感，又有一丝追求自由的欲望：

是谁来自山川湖海，却囿于昼夜、厨房与爱。

愿在婚姻里清点账目的人，给自由的心灵一点时间；愿在孩子周围打转的人，为将要枯萎的爱情腾出一点空间。

你或许心甘情愿被羁绊，然而这并不是完美生活最好的答案。

每段日子都是最美的时光

一直都很喜欢舒淇，感觉她就像家中的那只猫，可以乖顺地趴在自己腿上，也可以乖戾地冲着自己撕咬，而后傲气地逃匿一旁。

她凭着侯孝贤拍摄的《最好的时光》得以封后，终于不再

遇见你之后，都是好时光
yu jian ni zhi hou
dou shi hao shi guang

208

被人指摘为花瓶。

那部影片，由于这样那样的缘故，一直延宕着未看，直到上周末，才在暖暖的午后翻出来。影片以三段式的形式讲述了三个不同时代的故事，分别以"恋爱梦""自由梦""青春梦"命名。

我并非一口气看完的，那些似雨般的音乐，缓慢安静的情节，总该在特定的时间里才能体会到其中的美。

不得不赞叹，侯孝贤拍摄的水准之高。光与影的结合，每个画面中构图的设计，镜头过渡时的流畅，背景音乐的烘托，言语与举止的精心设置，都让影片蕴含着一种温润如水的张力。

1910年，1966年，2005年。那些时光已离我们很远，而回头看时，觉得时间流逝了，但是那些藏在时间中的美好仍存在着。

我们总是说，最好的时光已经过去了。然而，静下心来想想，十年之前，我们也有着这样的想法，但如今再看那十年之前的时光，竟会不自觉地说道：哦，那是我最好的时光。

在那所谓的最好的时光里，我们忙着恋爱，忙着受伤，忙着折磨旁人与被旁人折磨。直至，一切涟漪都归于平静，那段时光也被耗尽。

　　然而，路途如此之长，时间永不会流逝至尽，只要生命的河流还未干涸，回头望时，总能望见最美的时光。

　　"恋爱梦"发生于1966年。台湾某个小镇的桌球室中，放着那首《Smoke gets in your eyes》。一个男子在一遍遍的挥杆撞球之后，给在桌球室中做计分工作的女孩写了一封简短的信。信中如同那首放着的美国歌曲一样，不徐不疾地诉说着他无处可寄的忧伤，以及杂草般的心绪。

　　信终究如石子一般，沉入了海底。几天之后，那个女孩儿走了，另一个女孩儿前来顶替她。

　　在与舒淇扮演的这位名为秀美的女孩儿撞球之后，他便回到部队，并开始给她写信。

　　与此前不同，他收到了回音。于是，在仅有的一天休息时间中，他决定来看她。

　　当他再次走进那家桌球室，才发现她早已不在此地。在打听之后，他开始走遍整个台湾，只为寻到与自己只有一面之缘的秀美。或是乘船，或是坐车，或是步行，他辗转于基隆—台中—云林—嘉义—台南—高雄之间，最终遂愿。

　　再次见到他，她心里欢喜着，却只是频频笑着，不说一句话。他看着她几乎傻气的笑，自己也笑了。

　　下班之后，两人在街边吃了一碗云吞面，热气就那样在脸

遇见你之后，都是好时光
yu jian ni zhi hou
dou shi hao shi guang

210

上腾着。

在等车之时，几经犹豫，他终于颤抖着握住她的手。她没有看他，十指却与他紧紧相扣。

故事就这样落下帷幕。情节过分简单，甚至于有些突兀，但对于他们而言，这就是最美的时光。等待、寻找、牵手时，最美的时光便已存在。

侯孝贤在拍完这部影片后，曾在采访中说道："……年轻时候我爱敲杆，撞球间里老放着歌《Smoke gets in your eyes》。如今我已近六十岁，这些东西在那里太久了，变成像是我欠的，必须偿还，于是我只有把它们拍出来。"

如此看来，这里面也有着与他自己有关的时光的影子。

画面转入1910年。美国情歌的余韵还未消尽，一段铿锵的南管乐便响了起来。

她是一名艺旦，而他不过是个有家室的读书人。他每每开口总是自顾自地谈论国家之事，只字不提伊人如何如何。

他总是来了又去，而她也总是一次次地提着暖壶为他倒水，温热他的手与心。

他是理性的，清醒的，所生的情愫也是克制的。她明知如此，却仍怀着微弱的希望，等着他为她赎身。

他们都有着一个关于自由的梦，只是他的梦大一些，关乎国家；而她的梦小一些，只是为己。然而，无论是国家，还是为自己，这梦终究是一枕黄粱。

对于他们而言，那最好的时光并非当下，也不属于未来，而只是存在于过去中。她将一段余音绕梁的南管唱出时，他的书信寄来时，他们在昏黄的灯光下相向而坐时，都是最好的时光。

朗费罗曾说："每个生命中，有些雨必将落下。有些日子，注定要阴暗惨淡。"艺旦与读书人的故事，在开始之时，就注定了是这样无疾而终的结局。但在各自的飘零之中，他们心中虽含苦痛，仍是无悔。

影片的第三段，诠释了现代社会中，你我常见的"青春梦"。

舒淇饰演的靖，眼睛上涂着浓重的黑眼影，头半侧梳着斜发，冷漠而疏离，颓废至荼蘼（造字非换系）。她以青春为名，尽情地挥霍着与爱有关的时光。无所顾忌，向死而生，不理会旁人，只在乎自我。

在那段故事中，是三个人的纠缠与激情，无法评判对与错，他们只是按照自己的方式，寻求着温暖与爱。即便这爱，存在于同性之间。

当看到靖和张震饰演的震，骑着摩托在路上飞奔时，莫名

遇见你之后，都是好时光
yu jian ni zhi hou
dou shi hao shi guang

212

地就被触动了。这不正是我们的青春吗？没有目标，没有方向，却因和某个人在一起，就觉得拥有了整个世界，肆无忌惮地一路飞奔着。正如三毛所写的那样："不管他要带我到哪里去，我的车站，在他身旁。"

他们最好的时光，或许就是这只此一回的飞扬着的青春吧。

莽撞着，焦躁着，却仍叫人艳羡着，张望着。

或许每个人都无法轻易回答，哪一段时光最美。因我们总是在不断延续的生命中，发现新的温暖与感动。

最短暂的时光，最平淡的时光，被辜负的时光，都是最美的时光。因短暂而弥足珍贵，因平淡而重现琐碎点滴，因被辜负而心存惦念，所以在垂暮之年，当我们坐在藤椅上回想过往时，在心底最隐秘处浮现的那些日子，都晕染着不可置疑的美感。

我是你的秋天，你是我的夏天

每当夜深之时，我总会想起那段能听到从邻居家传来吉他声的日子。

那段时日，每到晚上九点，我总会放下手中的书，关掉台灯，静静听隔壁弹的曲子。当旋律在空气中弥散时，总觉得再晦暗的夜晚也是晴朗而明亮的。月光交织着音乐，透过玻璃窗，铺泻在木质地板上，像是不会醒来的绚丽梦境。

我并没有见过这位新搬来的邻居，但从那柔和中带着忧伤的曲子中，我固执地认为那人定然是一位藏着心事的男子。我也并不知晓他弹奏歌曲的名字，只是觉得旋律回荡时，我与这位弹吉他的人，便有了某种特殊的联系。

尽管那段时间，我曾无数次想要敲开对方的门，向对方说出内心的赞美，终究是忍住了。尽管隔几天，我们就会分享一段惬意的音乐时光，但这在实质上更像我一人的一厢情愿。他或许永远不会知晓，隔壁的女孩儿躲在暗处，分享着他通过音乐传达出来的欢欣与伤悲。

郑愁予的那首《错误》，看透了多少人的心：

我达达的马蹄是美丽的错误
我不是归人，是个过客

我经过你，你经过我，相会的那一刹那，已是全部的意义。如若非要固执地求来一个不属于自己的结果，到底是拿盐往伤口上撒罢了。

所有或显或隐的情感，一旦有了强求的意愿，都变得不纯

遇见你之后，都是好时光
yu jian ni zhi hou
dou shi hao shi guang

214

净了。让那些不成熟的情缘，顺其自然地滋长、消亡，即便终会各不干扰，日后想起来，心底总会冉冉荡起些许暖意，当初那些封锁的懊恼，也会消散在风里。

大约半年之后，在某个傍晚，我下班回家时，看到小区楼下有一家搬家公司正忙着装载家具。我并不在意，只是走进电梯，按下自己所住的楼层。待我走出电梯时，发现隔壁的门大开着，地板上残留着散乱的纸片。

我有些慌张地跑到楼道的窗边，恰好看到一名男子背对我，拿着一把吉他向小区门口走去。

直到现在，我仍记得那一刻的感受：虽有失落，但更多的是轻松与感激。

不久之后，隔壁就又搬来一对外国夫妇。有时会听到他们用不太标准的中文，表达着依赖与爱意。

我再也没有听到吉他声。

如今，再想起时，只觉得那轻柔忧伤的吉他声，以及那段给予我慰藉的时光，早已成了一部无声的默片。

你那里阳光正好，我这里黑夜来临。或许这就是最好的安排。

柏瑞尔·马卡姆在《夜航西飞》中写道："对于命运的安

排，我无法给出深奥的评价。它似乎早出晚归，对于那些不把它放在眼里的人，总是异常慷慨。"

我们能做的便是，在每一个晴朗明丽的日子里翩然起舞。或许，命运的安排曾让我们无法理解，但其中的深意，终会在以后的岁月中渐渐明晰起来。

李亚鹏当年写给王菲的情书中，有这样一句："想到你的样子，我就笑了，还想要些什么呢？幸福还是糖……"

尽管，现在他们身边都伴着新的人，但这情书所蕴含的情意，仍是那样缠绵温暖。那一段相伴走过的路途，也并非因如今的离散而不复存在。

再提及过往时，王菲依旧笑着给予对方祝愿，以及感激对方曾经的支持与陪伴。

错过，并非就是过错。如若随着时间的推移，阅历的增长，你不再钟情于这一条路上的风景，却为了不伤害对方而强制着自己向前走，一样是对生命的辜负。微笑着挥别对方，而后走上另一条自己喜欢的小径，在欣赏美丽景致的同时，不忘向对方传达感念，这样才可渐渐接近生命的极致。

迈克·翁达杰在《遥望》中写道："每一段回忆，都是一块拼图。"那些向我们露出过明媚笑容的路人，都是整个拼图的一块碎片，它指引着我们去寻找爱的全貌。

遇见你之后，都是好时光
yu jian ni zhi hou
dou shi hao shi guang

216

能把旗袍穿得摇曳生姿的，我想唯有张曼玉一人。王家卫正是敏锐地观察到这一点，于是在《花样年华》中，让张曼玉换了二十六身旗袍，以旗袍的色泽与样式，来表现所饰演的苏丽珍的心情。

旗袍是优雅而高贵的，但这美丽之中又满是拘禁与保守。苏丽珍穿着温婉高贵的旗袍，走在昏暗的街巷中时，仿佛有一把锁，束缚着她的身体，以及她的心。

"如果多一张船票，你会不会跟我走？"

周慕云身上的黑色西装，永远是那么忧伤、冷静，他暖不了同样散发着寒意的苏丽珍。所以，他们注定在纠缠之后，成为彼此的路人。即便多一张船票，他们仍无法守着苍凉的岁月，一起变老。

不得不说，王家卫是个太过高明的导演，他把每一个有声有色的画面都摆在你的眼前，却不让你看清。他把注定要消逝的岁月，都放在积着灰尘的玻璃内，让你不忍心冲破，让你永远无法够到。

剧中的人与剧外的人，之所以被困于痛楚的旋涡中，皆是因无法将虽有感情存在，却不能在一起的两人，看成生命中必然的过客。

我们总是希望，路途之中遇见的每一个人，与自己的关系都不那么潦草；渴望永恒的真切存在，而不是一次又一次的告别。于是，我们将大部分的时间用来悲叹、怨怒、伤怀，甚至是自我伤害。至于那些温暖的、闪着微光的情节，终究要在伤痛之中，被忽略，被遗忘，甚至渐渐失去追逐美好时光的勇气。

我是你的秋天，你是我的夏天，纵然永不能在同一个季节里看同一片风景，至少在夏末秋初交替的时光中，你我曾向彼此点头致意。

在最美的岁月，遇到你是我的运气。

在最美的岁月，封存与你有关的回忆，是命运仁慈的赐予。

感谢路人这个身份，让我们不必背负太重的包袱。无论何时想起你的脸，都觉得荡漾的笑容里满是不可复制的温柔。

长长的路我们慢慢地走

在父母的观念中，对一个女子最好的褒奖是勤劳，或是善良。

而在我们的观念中，如若旁人笑逐颜开地夸自己一句勤劳，即便自己不好表现出来，心里定然也是勃然大怒的。

遇见你之后，都是好时光
yu jian ni zhi hou
dou shi hao shi guang

218

在这个女性自我意识日益膨胀的时代中，你可以夸我漂亮，夸我可爱，夸我聪慧，夸我苗条，但当你夸我勤劳时，无疑是在说我不漂亮，不可爱，不聪慧，不苗条。我一无是处，而你又急着说些什么来表达对我的好感，于是，你只得说出一句：勤劳。

我听完之后，脸色仍如刚刚那般欢愉和悦，心中却早已翻腾如海潮，晦暗如深夜。是的，你的夸奖的确出自真心，可在我看来，这无异于全面的否定。

在上一辈人中，一个男人因为女人的勤劳而深深爱上了她。而这样的故事，在当下的时代中，想必已经绝版了吧。

一个并不熟知的朋友，在微信朋友圈中肆无忌惮地晒着自己的幸福准则：不困于厨房，不囿于家务，婴孩有人照顾，而自己只是负责貌美如花，热衷聚会与旅行。文字的后面还配上丈夫系着围裙将热腾腾的饭菜端上餐桌，弯着腰身辛勤拖地，拿着奶瓶给孩子喂奶的图片，以及经过美颜相机美化过的卖萌自拍照。

这条微信引来诸多人，点赞与评论者皆是带着艳羡的心理，发自肺腑地感叹一句，这才是完美的丈夫，这才是理想中的婚姻。

看完之后，我心中确有羡慕溢出，也随着众人默默点了一个赞。继而，我不禁疑惑起来，她这样高调地直播所谓幸福的婚姻，会持续多长时间？一年？五年？十年？还是真的可以直到永远？

你领到那一纸婚姻书，满心欢喜地迈进他家家门，因为他爱你，宠你，甚至纵容你，你便自此高枕无忧，以为幸福来了便不会走。于是，你安心地化着精致的妆容，涂着桃红色的指甲油，一次又一次走在旅行的路上。

他从不要求你干家务，甚至不敢委婉地转告你公婆希望传宗接代的事。你觉得每一天都像是浸泡在蜜罐里，却从未察觉到他脸上不经意间显露的疲惫，以及浅薄的埋怨。

人们都说梦与现实不可调和，而你梦寐以求的婚姻却与现实毫无二致。但是，你在得意与张扬的同时，忘了时光与流年的残忍。

宠爱即便如一条橡皮筋，也有自己的限度，一旦超出其所承受的范围，一切都成碎片与残渣。

待到彼时，你忽然记起出嫁前，母亲语重心长告诉你的话，要做好家庭的后盾，勤劳持家，不可任性。当时，你表面含着不舍的眼泪深深点头，内心却对其不屑一顾：这都什么年代了。

遇见你之后，都是好时光
yu jian ni zhi hou
dou shi hao shi guang

220

是的，时代改变了，岁月早已偷换人间。然而，有些东西始终保持着原有的模样，比如婚姻。

一段美好的婚姻，从来都不是一个人的事情，需要两个人的肩膀才能担负起它的重量。他需要演好属于男人的角色，而你也应该承担属于女人的角色。在生活中，当你们都需要彼此时，这段婚姻才具有了无坚不摧的稳固性。

当然，这并不代表这样的婚姻与爱无关。但爱总是建立在需要的基础之上，若非如此，它则成了虚无缥缈的烟云，抵不过盐米油盐的磨损，抵不过渐渐暗淡下去的岁月的坍塌。

皮克斯导演、彼特·道格特执导的电影《飞屋环游记》，有台词说道："我们老了，但是我们更相爱了。我们从来都在追寻两个人的生活，而不是一个人的精彩。"

如若执意追寻一个人的精彩，再美满的婚姻，最终也不过如一盘散沙，被风吹到海中。当你决定与一个人走进婚姻的殿堂，你就该做好为所爱之人，心甘情愿受羁绊的准备。这或许有些残酷，但这就是你所必须看清与承担的真相。

恋爱时，我们可以只谈风花雪月，蜷缩在两个人的小世界中，不管今夕为何夕。如若觉得不幸福，也大可潇洒分手，来去皆自由。

　　然而，结为夫妇之后，日子再平淡，再低调，也与社会有了深深浅浅的联系。任性够了，终要回归生活轨道。如若执意追求自我的出色与精彩，在婚姻中尽情享受，难免会打着夫妻的名义，在一个屋檐下各过各的生活，在一张床上各做各的梦。

　　随着综艺节目《花儿与少年》的热播，刘涛又变得炙手可热起来。

　　她有着超凡脱俗的美丽容貌，大可将自己置于铺满阳光的窗台上，安安稳稳做一个花瓶。纵然不施粉黛，跟随丈夫出门，定也是人流之中卓尔不群的那一个。可观众给予她的赞美，不是声色翩跹的女神，而是"国民好媳妇"。

　　对于这般称赞，她欣然接受。她自知自己是美丽的，却不仗着这美貌邀宠。美人终会迟暮，容颜总会衰老，聪明如她，已将这些早早看穿。因而，她只是将自己的美用来锦上添花，而这张锦的底色与基调，自然要由自己在婚姻中的角色，以及要履行的责任来确定。

　　丈夫的生意面临破产时，她不离不弃；丈夫从低谷渐渐攀爬上来后，她未曾倨傲。两个天真可爱的孩子，在她的抚养下，编织着多彩的童年。在自己的事业与家庭中，她保持着完美的平衡。

遇见你之后，都是好时光
yu jian ni zhi hou
dou shi hao shi guang

222

丈夫在爱她的美貌的同时，也爱她的贤惠。她在享受丈夫给予的关怀与宠爱的同时，也承担着妻子的责任，扮演着妻子的角色。

因而，在彼此的需要与被需要中，他们的婚姻才那么和谐与稳固。

人们都说，幸福是瞬间的感受。但我总认为，幸福是一生都该为之努力的事情。

年少时，恋爱中，结婚后，老去时，无论哪一阶段，只要我们还走在路上，就应为了幸福披荆斩棘。

而这需要我们，时时都找到自己的位置，做自己该做的事。

一个人的朝圣

坐在独自前往尼泊尔的飞机上，我在轰鸣声中看完了提前下载下来的电影《等风来》。

看着影片中的人物，在佛祖诞生之地游走时，我觉得那些不太真实的美与现实中真切存在的困境，仿佛有了天然的融合。

杜巴广场的孔雀窗，博卡拉的滑翔伞，加德满都的辉煌寺庙，穿着kulta和纱丽的女人，甚至在狭窄街边安稳睡觉的老黄狗，都让人觉得心底深处有某种信仰慢慢铺陈开来。

对他们来说，来到尼泊尔并非心甘情愿，而有更多的不得已。但置身于古老的宫殿、寺庙，以及广场中时，每一个人的心灵仿佛都经过了清新雨水的涤荡。

给我印象最深的，并非是拿着几千块的工资，吃着便利店的关东煮，却假装生活质量极高，终日在朋友圈中晒清新文艺旅行照的程羽蒙；也并非顶着富二代的头衔，被父母的安排牵着走，想要自立却没有能力，想要向父母证明自己却把握不住方向的王灿；而是那个刚刚与男朋友分手，不断反思自己的情感处理方式的李热血。

她是那样谦逊，那样真实，就好像现实中的你我。

央视曾出过一套问卷调查：你幸福吗？

其实谁又说得清幸福是什么。有人曾说，幸福是自私的，拥有旁人所没有的东西，才会感到幸福。乍看之下，颇为在理，当你我确信旁人不曾去过某地，不曾品尝过某道美食，不曾收到过某件礼物，我们才会将其晒在朋友圈中。甚至在收到或远或近朋友的祝愿时，我们仍沾沾自喜地想道，这些为自己点赞的人，不过是在羡慕与嫉妒罢了。

其实，我们所炫耀的东西，恰恰暴露了我们的弱点。

所以，我们都是带着虚假表情的蒙面人。嘴上说出的幸

遇见你之后，都是好时光
yu jian ni zhi hou
dou shi hao shi guang

224

福，总是带着些许炫耀的味道。而心灵感受到的幸福，总是稍纵即逝。

进行问卷调查时，有多少人咽下在生活中体会到的苦涩，生硬地挤出"幸福"二字，只为保护自己可怜的自尊心。

电影中的程羽蒙是这样的，王灿也是这样的。唯有那个穿着土气衣服的毕业生李热血不是这样的。

李热血敢于对陌生人剖析自己的困惑，说得出感情的来龙去脉。

在爱的时候，她是那样急切，想要毫无保留地付出一切。内心炽热燃烧着的爱情，甚至让男友望而生畏。

在失去的时候，她没有抱怨，也没有掩饰内心的失落与困惑，而是遵循自己的心意，跟随旅行团来到了尼泊尔。

触摸不到幸福的脉搏时，定然是自己的心灵落了尘埃。既然如此，那就起程吧，到不曾受过污染的地方打捞幸福。

我们无法删改生命中固有的情节，但我们可以试着去发现藏匿在角落中的美。不小心跌进阴沟里时，我们手中仍握着仰望星星的权利。

正如克里希那穆提所说：

"你改变不了一座山的轮廓，改变不了一只鸟的飞翔轨迹，改变不了河水流淌的速度，所以只是观察它，发现它的美就足够了。"

不必觉得对琐碎的生活无能为力，我们的使命从来都不是改变，而是感受与发现。即便，我们此刻的处境孤立无援。

在看完电影之前，我与都市中多数女子一样，披着精致耀眼的晚礼服，优雅地拿着高脚杯在闪亮的灯光下穿梭。聚会结束，卸下妆容，镜中的那张脸，写满真实的疲惫。

飞机缓缓落地，我提着不重的行李走出机舱。那一刻，我决定卸下已经习惯的伪装，成为另一个我，做那个有着些许傻气的李热血，以此得到喘息。

歇息一晚之后，我像当地人那样在眉心点了红痣，披了一条砖红色的花纹披肩，穿行于加德满都的大街小巷。在佛寺之下，每个人都是平静的。穿着校服的少年，卖菜的小贩，礼佛的老人，都带着安然的气息。那些斑驳的历史古迹，在漫长的岁月中，已然成为人们生活的一部分，与人们永远处于同一个时空中。

这个国家，没有格调高雅的咖啡厅，没有琳琅满目的高档商场，这里看起来是那样贫穷、萧瑟。但是，这里的人们，过得似乎比任何一个国家的人们都幸福。

是因为他们没有追求吗？

不，是他们懂得满足。

遇见你之后，都是好时光
yu jian ni zhi hou
dou shi hao shi guang

226

九点的阳光，格外温和。我随着众人一起到佛寺看了极为闻名的库玛里活女神。她身着库玛里服装，坐在金黄色的宝座上，接受民众的朝拜。

然而，光鲜的外表与至高无上的荣耀，终究要在青春期到来之际，落下帷幕。而她留下的，也不过是一枚金币，一件在任时穿的红色衣服，以及余生无尽的寂寞。

出生之后不久，她们便拥有旁人所不具备的尊贵地位，尊贵到甚至不能用双脚走路，而由僧侣抬抱或乘坐车舆。即便，当她们得以开始过普通女孩的生活时，她们也有着较高的政府补贴。

然而，这种亮丽璀璨生活的背后，则是终生空守闺阁，不得婚嫁。对她们而言，幸福不过是入秋之后的蝉鸣，渐渐悄无声息。

梭罗在《瓦尔登湖》中写道："我喜欢生活有宽阔的边缘。"

如此，我们便能随着自己的心意，随时可进可退。

从尼泊尔回来，给朋友看照片时，朋友在赞叹之时，也不忘说道，那里也不过如此，还不如去巴厘岛或是马尔代夫呢。

我不再像往日那样急着辩解，而是莞尔一笑。

朝圣的路上，我早已摸到了幸福的衣袂。

而幸福，哪里是倾心于浮华的人看得到的呢？

最后的最后，你定会如约而来

在张国荣唱的所有歌曲中，我偏爱这一句："秋天该很好，你若尚在场。"

是的，我以为你来了，就会在此处安寨扎营，不再流浪。彼时，尽管秋意如芦苇荡般浓密，我心始终不曾感觉到寒意。

只是，微雨突袭，将一切花朵都吹落。自此之后，为了防止悲剧重演，我开始狠心拒绝触碰美丽的东西。

多半人都该是这样的吧。再次在路上遇见想要珍惜的人时，我们都为了能保住细水长流，而刻意掩盖心底的沸腾，小心翼翼地与对方保持着安全的距离。最终，他牵起了别人的手，而我们独自在角落处叹息：陪在他身边的人本该是我啊。即便心中有祝福，这份祝福也带着微微的酸楚与青涩。

身为凤凰卫视采访总监的闾丘露薇曾说："即使你受过九十九次伤害，也要相信第一百次一定会遇到真爱，在情感的道路上勇往直前，而不是患得患失。相信我，你抵达的终点一定是幸福。"

在事业、健康、爱情之中，她会毫不犹豫地选择爱情。如

遇见你之后，都是好时光
yu jian ni zhi hou
dou shi hao shi guang

228

若彼此相伴，只为走一段崎岖的路，看一场明媚风景，消除心底的寂寞，而不是因了爱，她定会毫不犹豫地选择离开。

有人会疑惑，在一次次失恋与受伤中，她是否始终相信最终爱情会降临，那个人是否会如约而来？

她爱看格林童话，笃信王子和公主的永恒结局——幸福地生活在一起。然而，生活并非童话，而是广袤无边的大地，无论我们走到哪里，都永远走在现实的生活之中。

第一次婚姻，是与她在火车上邂逅的男子。在谈笑中，他的举止带着暖心男子特有的体贴与优雅，让她禁不住想到，她的丈夫该是这个样子的。于是，相识三个月后，两人便结为夫妇。

只是，他们的爱情故事，在浪漫的婚礼之后便失去了灵感。随之而来的是生活的困顿、烦琐，甚至是两人的误解、争吵，最终他们恍如陌生人，在同一屋檐下，彼此做着截然相反的梦境。

爱渐渐消失殆尽时，她并没有为了孩子而隐忍着生活。当初心甘情愿走进他的世界，如今她也能找到出口，走出他的世界。

记得那日午后，我坐在国图，心意慵懒地翻看几米漫画。他在我前方的书架上寻找一本旅行杂志。

《照相本子》已经看过许多遍，但每一次翻开，仿佛都能看出新的寓意。"我总希望有人在什么地方等我，你也总希望有人在什么地方等你吧。"画册上的那一页，色泽艳丽，有些许哀伤，但更多的是憧憬与期待。

我抬起头，看到他正背对着我。阳光在他身上镶了一层金边，在我看来分外耀目。许是感受到了我的注视，他忽然之间转过头来，正好迎上我的目光。那一刻，我眼中竟涌上些许泪意。

我们在遇见彼此之前，也曾度过孤单的岁月，也曾与一个并不属于自己的人彼此纠缠、误解、伤害，但我们都未曾放弃过对爱情的信念。

邂逅，并决定执手之时，我们是那样感激生活，以我们最想要的方式回报了我们。或许有一天，热烈如蔷薇的爱情终会渐渐褪去，但又何必悲伤，鬓发如雪时，才算得爱情之永恒。

勇敢追求纯粹爱情的女人，总是令男人心生退却之意。他们害怕辜负，害怕承担不起，因而，在做最终的选择时，他们便遗憾着抽身而去。

闾丘露薇在修复好离婚的伤疤之后，在路上边走边寻觅。周边不少人劝她再婚，为孩子找个父亲，但她总是说，即便是再婚，也是为了爱情，为了寻找灵魂伴侣。

遇见你之后，都是好时光
yu jian ni zhi hou
dou shi hao shi guang

230

是的，孩子本有父亲，何必再找。她尚未遇到爱她如生命的人，自然要寻觅。

在寻觅途中，她也曾以低到尘埃里的姿态，仰望过某个人。在遥远的地方，深深思念他。当赞美声与喧哗声围绕周身时，她甚至愿意将这些都舍去，如若对方像她爱他那样爱她。

只是，并不是所有的人都承担得起这份深沉的爱。她爱上的男人，终出于对现实的考虑，放弃与她并肩同行。

闾丘露薇并非不知，这已是一个爱情成为珍惜资源的年代。这对如此渴望爱情的她来说，多少显得有些不合时宜。只是，不管下一段爱情离她多远，她始终相信自己会遇见合适的伴侣。

世间有很多东西，都是因我们内心坚守的信念而存在的。爱情如是。如若我们相信，它就会在原地停留，等待我们走上前去将它认领。如若我们将其视为虚幻的梦境，它就真如梦境一般，在黎明之时，破成碎片。

独自走了许久，在笃信之中，她终于在朋友的祝福中，为理想伴侣再次披婚纱。

"我找到了最适合我的人，找到了可以彼此理解并共度余生的伴侣。"闾丘露薇说这句话时，脸上的笑容灿若云霞。

如今，闾丘露薇事业风生水起。曾有人问她，承担着如此大的责任与压力，是否无法顾全家庭。她这样回答："好的婚姻对于女人来说真的太重要了——不管职场上有多少难关和压力，有了幸福的家庭，你心里始终是踏实而有力量的。"

最后的最后，他终于抵达。爱情的种子，终于在她心中生根发芽。

她告诉我们，爱情，终究是种植在心里的信仰。

你若相信，它便会在下一个转角，与你相认。